수필은 청자 연적이다.
수필은 난이요, 학이요, 청초하고 몸맵시 날렵한 여인이다.

－피 천 득－

국립중앙도서관 출판시도서목록(CIP)

사람 사는 집 / 지은이 : 진주수필문학회. -- 서울 : 한누리미디어, 2013
    p. ;   cm. -- (진주수필 ; 5)

ISBN 978-89-7969-450-5 03810 : ₩10000

한국 현대 수필[韓國現代隨筆]

814.7-KDC5
895.745-DDC21   CIP2013004584

사람 사는 집

진주수필 다섯 번째 글 모음

진주수필문학회

수필잡설

몇 사람 예외가 있긴 하겠지만 현대인은 환자들이다. 너나없이 '스트레스 받아 죽겠다' 는 댓글을 입에 달고 산다. 빨리빨리와 간단과 단순을 추구하는 풍조가 스트레스라는 병을 인간에게 감염시킨 결과이다.

학자들의 말을 빌리면 책을 안 읽는 사람이 미덕인이 되는 시대에 우리가 살고 있다. 서점은 없어지고, 명을 잇는 서점이래야 고작 팔리는 거라고는 책이 아닌 문제지뿐이라니. 거대 자본들이 회전율과 회수율이 극대화되는 지식자본사회를 구축한 것이다. 그리고는 투망질이다. 좋은 글은 두고두고 읽을 수 있지만, 다시 읽으면 맛이 새롭기도 하지만, 소비를 촉진시키고자 그들은 문제지라는 일회용 책을 만들어서 천재가 되고 싶은 젊은 대중을 홀려놓는다. 답지가 알려준 수많은 단답들이 지식이라는 이름으로 이들의 머리를 점령한다. 하지만 사유하지 못하는 지식은 더러 더러 무지가 아니던가. '사람' 은 없고 '자본' 만 존재하는 지식사회가 되는 것이다. 안타깝게도 인성의 사유지능을 삭제시키는 이런 프로젝트는 점점 버전이 높아지는 중이다.

글 읽음은 지식을 넘어 조화롭게 종합된 지성을 구축할 뿐만 아니라 자연스럽게 인내심을 기르며 깊이 사유하게 함으로써 유유자적할 수 있는 호연지기를 지니게 함이다. 이것이 자중자애행복을 만든다.

헌데, 살기도 바쁜데 누가 글을 읽겠어? 현대인에게 그럴 시간이 어디 있어? 다들 그런다. 틀린 말이 아니다. 사는 사람은 다 바쁘다. 숨쉬기도 빨리 해야 하니, 바쁘다. 그러면서도 누가 왜 보냈는지도 모를, 실시간으로 휴대폰에 뜨는 동영상보기에는 아낌없이 시간을 소모한다. 스스로 사고 기능을 거세하고 있는 것이다. 그래서 언제나 골치 아픈 것 같은 현대인이다.

이들은 점직하게 수필 한 편을 읽어내지 못한다. 그 시간을 참을 수가 없어서다. 글책은 보기만 해도 '머리 아퍼'가 절로 나오는 일종의 트라우마로 '사고한다 고로 존재한다'를 회피한다. 그것이 독서스트레스라는 병이다. 지독히 만성병이면서도 전염성이 흑사병보다 강해서 가족이나 또래 집단이나 사회의 구성원들을 예외 없이 스트레스독서병동에 몰아넣는다.

정보화 지식화에서 온 시대상황이라 한다던가? 하지만 우리가 작금에 느끼는 것은 전자매체의 발달이 몰고 온 언어본질의 파괴성이다. 통화용 언어가 정보라는 빠름의 미명을 쓰고 말초신경적인 행태로 변질되는 점이다. 한 줄 댓글 쓰기가, 한 줄 읽기가 아우성을 친다. 읽고 쓰니 문자생활을 하는 문화인이요, 한 줄로 짧아 '머리 아퍼' 스트레스도 있을 게 없으니, 신나게 휘파람을 불어댄다. 세상이 시끄럽다.

〈글〉도 휴대폰에서 훅하고 읽을 수 있어야 된다는 인식이 확산되면서 수필에서도 짧게 써야 한다는 운동(?)이 벌어졌다. 그래서 나온 말이 5매수필이다. 시대흐름에 순응해야 한다는 현실주의를 표방하고 나온 데에는 작가들의 '머리 아퍼'가 은근히 가세했을 것이다.

우리는 지금 순수를 잃어가고 있는가? 작가가 되어 글을 쓴다는 것 즐겁지 아니 한가. 헌데, 읽지도 않을 글을 왜 써? 그러면서 5매수필 5매수필 한다. 변명한다면 대중이 구매하도록 글을 그들의 바쁨에 맞추어야 한다는 목적에서 비롯된 궁여지책이라 할 수 있다. 하지만 작품이 자본의 시녀로 입적하면서 생긴 현상이다.

여기에 수반되는 것이 일회용이다. 두 번 세 번 읽을 필요 없는 글을 쓰자는 것이다. 글은 쉽게 쉽게 써야, 그래야 그나마도 누가 읽지 않겠냐는, 비명이다. 쉽게 쉽게 하노라니 글은 〈직설〉로 치달아 끝없이 하향평준화를 지향하고 있다. 그래서 〈작품〉은 없어지고 〈댓글〉은 넘쳐나게 됐다. 수필만의 문제가 아니다. '짧게 쉽게'를 고민해야 하는 작가들이라니, 그 신세 한 번 처량하지 않은가.

글 중에서 가장 자연스럽게 자유를 구가하는 글이 수필이라는데 '5매'하고 못을 박다니. 하지만 짧게 쉽게는 여전히 유행할 것이다. 작가도 길게 향기롭게 쓰려면, 머리 아퍼 스트레스는 싫으니까. 동시에 '수필마니아'가 아닌 대중이라는 직설독서군直說讀書群에게 입맛을 다시는 한 그러한 노력은 계속될 것이다. 그렇게 하여 〈작가〉는 절로 절로 나 절로 사망된다.

쉽게 써서 독자대중이 읽어주기를 바란다면, 그런 심정으로 작품활동을 한다면, 글자는 무수히 쓸 수 있을지 몰라도 다운 〈글〉은 못쓸 것이다. 글자는 읽되 글을 못 읽는 독자처럼. 길고 짧고를 떠나서 혼 없는 글을 누가 읽으랴. 생각해 보라. 대학공부가 초등학교 수준이라면 어느 고등학생이 공부하겠는가.

‘아포리즘 수필’ 이란 말이 붙었다. 아포리즘이란 단어가 경구나 명언 명구 같은 짧으면서도 의미심장한 말을 통칭한다고 하는데, 어떤 사람은 그 연원을 히포크라테스의 ‘인생은 짧고 예술은 길다’ 에 두는 모양이다. 헌데 어찌 그러기만 하겠는가? 우리가 예사롭게 여기는 우리 속담이 다 아포리즘 문장이다. 그것도 우리 고유의 인생과 정서가 녹아 그지없이 맛깔스러운 잠언임을 왜 모르랴. 에미의 삶을 비천하게 여기는 이들이 축 사망하면 더더러 축할까?

5매수필이 매수한정일변도인 점에 대해, 아포리즘 수필이란 표방하는 지향이 있어야지 않겠느냐는 생각에서 쓰이는 용어 같다. 한편엔 시류에 맞춰 말을 부려보는 몸부림도 있겠지만, 이 용어는 무뎌진 어떤 형태나 경향을 일깨워 보고자 하는 의도에서 비롯됐을 성싶다. 잘라 말하면 격언에 가까운 성격을 띤 수필을 쓰자는, 길게 횡수설하지 말고, 촌철살인 짧게 찌르자는 의도도 물론 들어있겠다.

격언이나 명언이란 것이 무엇인가? 사유로 결과된 관념언어이며 타인에게는 교시의 성격을 띠는 것들이다. 굳이 붙인다면 파스칼의 《팡세》나 아우렐리우스의 《명상록》 같은 등등의 글도 아포리즘 수필이라 할 수 있을 것이다. 사유의 간결한 표출을 요하는 이런 유형에서는 감정이 절제되면서 자연히 정이 소홀해진다. 결점이라면 결점이다. 예술글에서 정의 결핍은 작품의 모성애를 떨어뜨리는 역할을 한다. 사상과 감정이 조화롭게 수용되었을 때 아름다움은 탄생하고, 그게 작품이 되기 때문이다.

수필은 글세계의 중앙에 있다. 오방색으로 보면 황색이다. 따라서 수필은 다른 장르와 접선상태를 유지한다. 시, 소설, 논설문 등등은 서로 동떨어져 있지만 수필은 시든 소설이든 논술문이든, 그들과 붙어있어서 그러한 글들의 성향을 수용하는 무한 변신을 할 수 있다.

시에 산문시라는 용어가 있듯이 수필에도 시산문, 즉 시수필이 있다. 실로 시수필이란 용어는 오래 전부터 존재해 왔다. '5매수필'이나 '아포리즘 수필'이란 용어가 생기기 훨씬 이전부터.

만약 산문시라는 말을 좀더 적확히 하면 수필시가 될 것이다. 시와 수필이 만나는 곳, 두물머리를 시에서는 산문시, 즉 수필시라 하고 수필에서는 시산문, 즉 시수필이라 한다면. 글에 내포된 문예의 요소는 근본적으로 다를 수 없어, 시가 수필 같고 수필이 시 같을 뿐이다. 정말이지 어느 작가가 은유로 말하지 않으랴!

당초에 시수필이란 용어는 길이를 제한할 목적으로 쓰이지는 않았다. 그러나 대체로 시는 수필보다 짧은 것이어서 시수필이란 용어에는 시처럼 짧다는 의미도 내포되어 있다. 5매수필이 매수의 제한에, 아포리즘 수필이 교시로운 명상에 치우치는 데 비하여 시수필이란 용어는 풍기는 맛이 편파적이지 않고 보다 조화롭다. 게다가 지·정을 미로 아우르는 맛을 내고 있다.

작은 것은 정교하다. 정교해서 오묘하고 아름다운 법이다. 짧은 수필은 꽃보다 오묘해야 한다. 오묘함에는 지극한 정성을 쏟아 넣어야 한다. 실로 작은 것이 아름다우려면 지난한 탁마를 요구한다. 에헴이나 직설을 늘어놓는 개인의 사생활보고서가 아닌 바에야!

시가 되는 산문의 꽃, 원래 수필의 심문心紋은 프랙털 구조로 이루어진 로마네스코 꽃과 같다. 그러니까 지은이의 심채心彩는 수필의 문채가 되는 것이다. 이것이 개성이며 작품에 나타나는 작가의 자기유사성이다. 그래서 수필은 사람이라고 한다.

읽을 때도 마찬가지다. 독자는 자기 상사성이 있는 글을 더 좋아한다. 그런 글을 즐겨 읽는다. 쉽고 짧고, 그런 건 문제되지 않는다. 자신의 심채

와 글의 문채가 상사성이 없으면 읽다가도 던진다. 그중에서도 은유를 직설로 읽는 오류를 인식하지 못할 때 읽는 이는 난해에 침몰한다. 작품 안에서 작가와 교감이 이루어지는 사람들, 글에 배인 심문을 좋아하는 그 마니아들이 독자가 된다. 대중은 직설을 읽지만 진정한 독자는 은유를 읽는 것이다.

창작은 각성된 철학적 명제와 내 심령을 타인이 보고 만질 수 있게 육화肉化시켜 제공하는 활동이다. 따라서 작품은 작가가 통신하여 깨달은 관념을 보편된 개념이라는 몸을 만든 것이다. 몸 중에서도 가장 아름다운 몸이 온전히 살아있는 사람 몸임을 우리는 알고 있다.

철학스러운 명제나 심령은 엄청 모호하고 난해한 무체물이지만 그것을 사람이라는 유체물로 빚어놓으면 누가 못 알아 보겠는가. 그가 몸을 얻어 온전한 사람으로 나타나면 우리는 보고 만질 수 있고 같이 호흡할 수 있고, '머리 아퍼' 없이 그와 대화하고 이해하면서 교감하고, 심지어 신령스러움까지 느끼지 않을 수 없다. 이것이 진정 〈읽기 쉽게〉 쓰기이다. 작가가 자기자신과 독자를 위해서 진정 해야 할 일은 이것이다.*

배 정 인

갈피 찾기

하늘과 새들, 흰구름이 양떼처럼 놀다 가고, 심심한 바람은 수면에서
소금쟁이처럼 미끄럼을 타거나 착한 물들의 이마를 쓰다듬는다.
두 손으로 샘물을 떠 마시는데 물속에서 조무래기들의 웃음소리가 들린다.
햇볕과 모래, 바람과 물결과 풀잎이 흥거운 놀이에 빠져있다.
부러워라, 천날 만날 저렇게 놀고 있다니!

김원길

• kim.wongill@gmail.com

• 수필가
• 『계간수필』로 등단

꾀꼬리소리 / 모하비사막에서 / 얼룩꽃

꾀꼬리 소리

새 소리는 나의 자장가였다. 새소리로 눈을 뜨고, 새소리를 들으며 잠에 들었다. 수풀에서 우짖는 새들의 노래 소리. 깊디깊은 심연에서 솟아나는 샘물처럼 영혼을 울리는 새들의 합창을 들으며 나는 자랐다.

아버지는 새를 무척 사랑했다. 백문조, 금화조, 십자매, 종달새, 카나리아…. 여러 종류의 새를 기르면서도 아버지는 봄이면 보리밭 고랑에서 종달새 새끼를 주워오시곤 했다. 나는 어린 것들이 불쌍했다. 새끼를 찾아 울고 있을 어미가 떠올랐고, 푸른 창공을 날아야 하는 태생을 좁은 새장에 가두는 게 매몰스러워 보였다.

부리에 먹이를 넣어주면서 나는 새끼가 얼른 자라기를 바랐다. 어떤 녀석은 며칠을 못 견디고 죽어버렸고, 어떤 녀석은 모이를 갈아줄 때 줄행랑을 치기도 했다. 몇 달 후, 감옥인 줄도 모르고 신나게 곡조를 빼는 녀석도 있었다.

새소리를 듣고 자라선지, 아님 새를 좋아하는 아버지 때문인지, 나도 새

소리에 푹 빠졌다. 그 중에서도 종달새소리가 뛰어났다. 고가에 거래되는 카나리아보다 수수한 시골뜨기 종달새의 가창력은 기가 막혔다. 고만고 만인 실력으로 노래하는 뭇새들과는 달리 종달새는 높은 하늘에서 노래 한다. 모두를 제압하는 위력이 있다. 그런 줄 알았는데 뛰는 놈 위에 나는 놈이 또 있었다.

5월 초, 꾀꼬리 울음소리가 동네를 뒤흔들 때였다. 아버지가 말씀하셨 다.

"저 소리 들어봐라, 또 왔다. 시오리 밖까지 울리는 소리란다. 꾀꼬리소 리가 제일이지. 하도 소리가 좋아 소리꾼들이 꾀꼬리를 흉내 내고 싶어 한 단다."

실제로 아버지는 친구들과 함께 산성에 올라가 소리공부를 했다. 음보 가 적힌 두루마리를 펼쳐 들고, 꾀꼬리처럼 툭 트인 소리를 내려 애를 썼 다. 그때까지 나는 꾀꼬리를 본 적이 없었다. 늘씬한 몸매와 기다란 깃털, 맑고 고운 소리로 우짖는 새. 파랑새였다가 노랑새였다가, 새하얀 깃털로 변하는 상상의 새, 그것이 마음 속에 그려보는 꾀꼬리의 형상이었다.

아버지는 시름시름 앓으셨다. 어느 날, 하늘의 극락조가 내려와 아버지 를 데리고 갔다. 이듬 해였던가, 마당에 눈이 소복이 쌓인 아침이었다. 정 원에서 새가 울었다. 새하얀 깃털, 예전에 본 적이 없는 새 한 마리가 옥구 슬 구르듯이 울었다.

"아버지다!"

동생과 나는 이구동성으로 소리쳤다.

'틀림없이 우리를 보러 오신 거야. 우리가 어떻게 사는지 궁금해서.'

나뭇가지에 놀던 새가 사라질 때까지 우리는 새에게서 눈길을 떼지 못 했다.

그 일이 있은 이후로 사람도 새가 되어 환생할 수 있다는 생각에 빠져들었다. 꿈에서 여러 번 새를 만났다. 눈 내린 날 아침의 그 하얀 새였다. 쭈그리고 앉아 무릎 사이로 새를 안았다. 새의 얼굴에 내 볼을 비비면 새는 무슨 얘기라도 하는 듯 꾸룩꾸룩 울었다. 꿈에서 깨어나선 새의 부드러운 깃털과 따뜻한 온기를 느끼려고 손바닥과 볼을 문지르곤 했다.

지난 봄, 이른 아침이었다. 뒷뜰에서 지저귀는 새소리에 잠을 깼다. 꿈길처럼 아득한 소리였다. 그러다가 벌떡 일어섰다. 아니, 저 소리는……. 새소리가 나는 곳으로 달려갔다. 검은 날개, 노오란 몸통의 새 한 마리가 나뭇가지에서 노래하고 있었다. 저 소리, 어릴 적 내가 듣던 소리, 반 백 년 까마득히 잊은 꾀꼬리 소리였다. 귓속 어두운 곳에 차곡차곡 접혀 있던 소리가 갑자기 터져 나오는 듯, 명창이 고수의 북소리에 맞춰 소리를 잡아채는 듯 신비한 소리였다. 서둘러 사진을 찍고, 인터넷 검색을 했다. 틀림없는 꾀꼬리였다. 영어로는 오레올인, 꾀꼬리는 가까운 아리조나에서 겨울을 난단다.

입으로 부는 바람이 퉁소의 떨판을 울리는 것처럼, 꾀꼬리는 온몸으로 창공을 향해 노래한다. 그럴 때, 사랑의 찬가가 울려 퍼질 때, 창공의 떨림은 듣는 이의 심금을 울리고 산천초목을 감동시킨다.

5월의 정령이, 붉은 두견화 꽃잎과 연초록 잎새의 싱그러움이 그 안에 녹아 있기에. 지렁이와 온갖 벌레들의 꿈틀거림이 그 안에 살아 있기에. 나비가 날듯, 얼음쟁반에 구슬이 구르듯, 불꽃처럼 타오르는 사랑의 정열이듯. 그래선지 꾀꼬리소리는 춤을 닮았다. 열정의 탱고, 사람의 넋을 홀리는 춤사위다. 아름다움의 극치요, 시름을 씻는 카타르시스의 결정이다.

꾀꼬리소리는 영혼의 부름이다. 숲이, 자연이, 조상이 나를 부르는 소리다. 그 아름다운 목소리가 나를 찾아올 때마다 나는 아버지를 생각할 것이다. 마침내 득음을 하셨구나, 내게 자랑하러 오셨구나. 그 경이로운 목소리를 들으며 아버지를 그리워하는 것이다.

꾀꼬리소리로 보리밭엔 푸른 물결이 일렁이고, 온 산을 연초록으로 물들이던 봄이었다. 나는 새소리를 이불처럼 끌어당기며 늦잠을 잤다. 콧노래를 흥얼거리며 아버지는 보리이삭을 꺾어 들고 집으로 오시고, 어머니의 된장국 냄새가 나를 깨우던 유년의 봄날…….

누구에게나 어린 시절의 추억은 보물이자 은총이다. 온갖 소리와 향기, 맛과 촉감이 숭어처럼 살아 펄떡이던 곳, 웃음과 눈물로 온몸을 적셔주던 고향은 이제 아련한 전설로 남아있을 뿐 지도상에는 없다. 가고 싶어도 갈 수가 없어 더욱 그립다. 아리아리.*

모하비 사막에서

1. 모래알은 세상에서 가장 작은 알갱이다. 한 알의 모래는 바위의 아집과 돌의 망상을 버리고서, 모난 각이란 각은 모조리 부수고서, 수천 번 수만 번 자신을 분해시킨 끝에 태어난다. 뜨거운 불볕에 몸을 버르고, 푸시식 서늘한 달빛에 담그고, 비바람으로 정련하여 드넓은 세상에 자신의 작은 존재를 드러낸다. 모래알은 민들레 꽃씨처럼, 잠자리처럼 가볍게 날 수 있지만 일평생 무거운 침묵을 지키는 수도승이다. 그러므로 훈련과 침묵은 모든 모래알의 계율이다.

둔덕은 그들만의 성, 정결한 모래 알갱이들이 세운 나라이다. 그 나라는 흙이나 지푸랭이, 어떤 불순물도 용납하지 않는다. 모래둔덕은 수시로 성을 쌓았다 허물고, 이동하기를 반복한다. 햇볕과 바람과 더불어 쉼 없이 변하고, 끊임없이 사그락거린다. 바람이 분다. 능선의 칼날이 부우우 소리 내며 미끄러진다. 모래는 바람의 날개를 타고 격전지의 병사처럼 새들의 군무처럼 떼지어 솟아올랐다가 떼지어 내려앉는다. 일순간에 저편 언덕에 성벽을 세우고, 몇 개의 깃발을 꽂는다. 단 한 방울의 피도 흘리지 않는, 창검도 없고 사상자 하나 없는 격전인데도 저들의 행동은 진지하고 엄정하다.

불볕 아래 일광욕을 즐기는 나신이 있다. 아름다운 무희, 매력적인 곡선과 풍만한 볼륨을 자랑하는 그녀는 바람의 애인이다. 오똑한 코, 도톰한 입술. 가녀린 허리, 요염한 엉덩이의 아프로디테. 그가 설렁설렁 다가온다. 사내의 손길이 여인의 가슴과 둔부를 쓰다듬는다. 끈질긴 애무에 여인의 몸은 점점 뜨거워진다. 마침내 둘이 하나가 되어 벌떡 일어선다. 빙글빙글 허공을 도는 원무圓舞, 격정적이고 날쌘 회오리 춤사위! 그들의 몸부림은 너무나 환상적이어서 하늘도 눈이 흐릿해진다.

그러나 어쩌랴, 아무리 불 같은 사랑도 끝이 있는 법. 격렬한 환희의 순간이 지나고 그가 떠나간다. 바람결을 몸에 새긴 채 여인은 다시 언덕에 드러눕는다. 아무 일도 없었던 듯 바람의 알을 쓰다듬으며…….

2.

누구보다 사막을 사랑한 사람은 생텍쥐페리였다. 그는 하늘과 바람과 별을 좋아하여 사막에서 잠자고, 꿈꾸고, 산책하기를 즐겼다. 사막의 모래밭에 앉으면 아무것도 보이지 않고, 아무것도 들리지 않건만 침묵 속에 무언가 환히 빛나는 것이 있다고 했다. 천일야화의 세라자드가 매일 밤 표독한 왕에게 이야기를 들려주듯 사막은 생텍쥐페리의 사랑에 보답하기 위히서 〈어린 왕자〉의 얘기를 전해 주었을 것이다. 그는 다만 받아 적었을 것이다.

사막은 느긋하다. 조바심도 초조함도 없이 한가로운 길손을 기다린다. 그윽한 눈으로 자신을 들여다보는 이, 나직이 조곤대는 사람을 좋아한다. 고요 속에 머물다가 자신에게 귀기울이는 사람을 만나면 넌지시 말문을

연다. 사막의 식솔들인 꽃과 식물들, 양서류, 새들과 짐승들이 어떻게 혹
독한 환경을 이겨내는가 소곤거린다. 사막은 차를 타고 휑하니 지나치는
사람에게는 눈길을 주지 않는다. 쓸쓸하고 고적한 풍경을 외면하는 사람
을 싫어하는데 그런 이는 사막을 외롭게 하기 때문이다. 생텍쥐페리는 친
구에게 이런 편지를 썼다. "만약 자네가 이곳을 들리게 되면 너무 빨리 지
나치지 않기를 바란다. 별 아래에서 조금만 기다려 주기를!" 사막의 별들
은 우수에 젖은 눈망울로 속삭인다. 꿈과 희망을 잃지 말라고 당부한다.

　갖가지 꽃들과 우거진 수풀, 계곡의 새소리와 시원한 바람을 마다하고
나는 사막을 찾는다. 어찌하여 나는 이토록 적막하고 고독한 풍경에 끌리
는가. 프랑수와 모리악은 "우리들 각자는 하나의 사막이다" 라고 말했다.
그렇다. 당신과 나의 가슴속에 사막이 있다. 그 사막에도 해와 별이 반짝
이고, 달이 뜨고, 진눈깨비가 내린다. 모든 사람에겐 영원히 잠적하고 싶
은 순간이 있고, 크고 작은 슬픔을 지우기 위해 건너야 할 사막이 있다.

　　　3.

　멀리 계신 이여, 당신은 잘 주무셨나요. 간밤에 저는 코요테 울음소리에
잠을 설쳤습니다. 짐승들의 깽깽거림에 놀라 숨죽일 토끼와 어린 여우의
바들거림을 걱정했습니다. 눈을 말똥거릴 새들, 밤 공기의 미세한 파동과
마른 풀잎의 조바심을 염려했습니다. 아침의 둔덕에는 도마뱀의 발자국
이 새겨져 있었습니다. 망설임이나 주저함이 없는 정연한 발자국이었지
요. 밤마다 내가 당신께 편지를 쓰듯 밤마다 그도 누군가를 만나러 가나
봅니다. 가물거리는 별빛 아래 삐뚤 빼뚤, 그리운 이를 찾아간 미물의 발
자국에서 나는 지순한 사랑을 읽었습니다. 누군가를 애타게 기다리거나,
누군가를 찾아 깜깜한 밤의 어둠 속으로 나서는 것은 사랑의 간절함이 시
키는 일입니다. 깊은 밤, 사막을 헤매다가 내가 길을 놓쳤나, 눈을 껌벅거

리며 망연히 별빛을 바라보는 미물의 마음을 생각합니다. 그리고 황야의 사내를 위해 올리는 당신의 기도를 헤아립니다. 오늘밤에도 내 마음은 사막을 건너 별빛을 건너 당신에게로 향할 것입니다. 만나는 그날까지 편안하시어요.

4.

사막엔 숨겨진 샘이 있다. 샘은 사막의 눈, 그렁그렁한 눈물이다. 사막의 맑고 푸른 눈동자는 순진무구한 아가의 눈빛을 닮았다. 사막은 벌판에 드러누워 단 한 번의 죄도 짓지 않은 자의 눈망울로 방랑객과 짐승들을 불러들인다. 여름 풀밭의 이슬방울처럼 샘물에 비치는 풍경은 순하고 정갈하다. 하늘과 새들, 흰구름이 양떼처럼 놀다 가고, 심심한 바람은 수면에서 소금쟁이처럼 미끄럼을 타거나 착한 풀들의 이마를 쓰다듬는다. 두 손으로 샘물을 떠 마시는데 물속에서 조무래기들의 웃음소리가 들린다. 가만히 물속을 들여다보니 무성생식의 아이들이 작은 공기주머니를 터뜨리며 놀고 있다. 햇볕과 모래, 바람과 물결과 풀잎이 흥겨운 놀이에 빠져 있다. 부러워라, 천날 만날 저렇게 놀고 있다니! 사막이 아름다운 것은 맑은 샘물과 천진하고 행복한 아이들이 있기 때문이다. 지친 영혼을 감싸는 따뜻한 품과 고요가 있기 때문이다.

5.

막막한 사막을 달리다 보면 간혹 저 멀리 외딴집을 볼 수 있다. 집 주변에는 사람의 그림자도 보이지 않고, 개짖는 소리도 들리지 않는다. 그럴 때마다 나는 은둔자의 삶이 궁금하다. 왜 이렇게 먼 곳에 사시나요. 당신은 행복하신가요. 아마도 저 집 주인은 나처럼 혼자 노는데 익숙한 사람일 것이다. 세상의 명예와 부귀영화, 얽히고 설킨 인연 다 버린 사람. 그는 해와 달, 별과 바람을 사랑하는 외톨이일 것이다.

호주의 원주민들에겐 거룩한 성년의례가 있다. 사내아이들은 청년이 되기 위하여 일정 기간 사막을 방랑하며 홀로 살아가는 것을 배워야 한다. 어른들에게 홀로서기를 증명하고, 어여쁜 처녀들에게는 자신의 성숙함과 용감함을 보여주어야 한다.

며칠 묵어가는 모하비의 야영지는 내집처럼 편안하다. 텐트에 누워 머릿속에 작은 오두막을 짓는다. 문간에는 산양의 하얀 두개골을 걸어두고, 마당엔 돌탑을 쌓을까 보다. 새벽엔 나만의 오솔길 걸어 샘터로 갈 것이다. 모래밭에 찍힌 발자국에서 코요테 붉은 심장의 맥박소리를 듣고, 까마귀 울음소리로 기상을 예견하리라. 배낭 하나 걸머지고 꽃피면 웃고, 배고프면 먹고, 별빛 아래 잠들며 천지의 순환에 몸을 맡겨도 좋으리라.

산책과 독서와 낮잠, 사색과 빈둥거림으로 하루를 보낼 것이다. 아무런 회한도 끄달림도 없이 매 순간의 고독을 경영하며 인디언처럼 바람처럼 영혼을 방목하리라. 둥두둥 북소리로 둥근 달을 맞이하고, 움막을 찾는 순례자를 위해 쑥차를 끓일 것이다. 별빛 바라보며 그리운 얼굴을 떠올리거나, 너울거리는 촛불 앞에서 만물의 생장과 소멸에 관해 명상할 것이다. 팔다리에 힘이 빠지면 덤불숲 그늘에서 삭정이 같은 육신을 말리리라. 이 몸이 세상을 떠나는 날, 낡은 시집 한 권이 만장처럼 펄럭일 것이다. 한 마리 노랑나비, 들꽃을 찾아 날아갈 것이다.*

얼룩꽃

겨울 저녁, 거리엔 스산한 바람이 불고 있었다. 초인종을 누르자 노인이 문을 열었다. 그는 거실 구석에 세워진 고장난 시계를 내게 보여주고 부엌으로 들어갔다. 한참 달그락거리는 소리가 났는데 어느 틈엔가 노인은 소파에 앉아 있었다.

"날씨가 많이 차지요? 시간 있으면 차 한 잔 하고 가구려."

"성가시지 않으실까요?"

잠시 외로운 노인의 말벗이 되어 주리라 마음먹었다. 노인이 차를 준비하는 동안 찬찬히 거실을 둘러보았다. 낡은 텔레비전과 몇 권의 책은 먼지가 뽀얗게 앉았고, 액자 사이사이로 거미줄이 아치처럼 걸려 있었다. 닫힌 기뎬, 회분 하나 없는 거실로 보아 사람의 왕래가 끊긴 집 같았다. 차를 마시며 사업은 어떤지, 가족이 있는지 그가 물었다. 일거리가 있고, 가족도 있다고 답하면서 나는 노인의 차림새를 살폈다. 그의 얼굴에서 외로움이 물씬거리고, 웃옷에 걸쳐 입은 조끼는 소스로 얼룩져 있었다. 모습은 남루했지만 맑고 선량한 분이라는 생각을 했다.

그때였다. 침실 쪽에서 음메에, 음메에 하는 소리가 들려왔다. 염소 울음소리라니……. 내가 놀란 표정을 짓자 노인이 일어서며 말했다.

"내 할멈이라오. 잠간 다녀오리다."

홀로 사는 노인인 줄 알았는데 부인이 계셨다. 잠시 후 그가 돌아왔다.

"사람도 못 알아보고, 저렇게 누운 지 칠 년째라오."

"칠 년을요? 간병인이 없나요?"

"밥 먹이고, 기저귀 갈고, 내가 다 하지요. 남한테 이런 일을 시킬 수 없어서……."

정부의 보조금으로 사람을 쓸 수 있으련만 당신 스스로 궂은일 다 한다고 했다. 노인은 홀로 겨울 벌판을 지키는 허수아비, 온몸으로 눈보라를 맞고 선 한 그루 나무였다. 찬바람은 가지와 둥치를 세차게 흔들고, 저 형상으로 긴 겨울을 어떻게 날지 모를 일이었다.

"자식들은요?"

"딸이 하나 있는데 멀리 살아요."

노인은 담담하게 말했다.

작별인사를 할 때였다. 노인은 불쑥 20불짜리 한 장을 내 손에 쥐어주었다. 그가 품삯으로 지불한 수표는 이미 내 지갑 속에 들어 있었다.

"아, 아닙니다."

나는 손을 저었다.

"받으세요. 얼마 안 되지만 부인과 식사를 하거나, 극장에 가세요."

정작 도움을 받아야 할 사람은 내가 아니라 노인이 아닌가. 머뭇거리다가 노인의 팁을 받았다. 밖으로 나서는데 노인의 따뜻한 마음씨가 거리의 어둠을 환하게 밝히고 있었다.

연말이었다. 크리스마스 장식은커녕 왼종일 아무도 찾아오지 않는 집, 늙은 할아버지가 병든 할멈을 간호하는 집을 찾아갔다.

“부인께선 어떠세요?”

과일 꾸러미를 건네며 내가 물었다.

“좋지 않아요…….”

노인은 과거를 털어놓았다. 폴란드 출신인 그는 고3 때 부인을 만났다 했다. 나치의 침공과 소련군의 진주로 당시 폴란드는 피폐하였으며 젊은 이들은 실의에 빠져 있었다. 두 사람은 꿈을 찾아 미국으로 왔다고 했다.

“돌이켜보면 절망이란 녀석이 늘 우리를 따라다녔지요. 그래도 우리는 열심히 살았고, 열심히 사랑했지요.”

사랑에 듬뿍 빠졌던 시절을 얘기하면서도 노인은 미소 한 번 띠지 않았다. 가끔은 절망을 따돌리고 행복했다. 그러나 돌이켜보면 좋았던 시절은 너무 짧았다고 했다. 살이란 살 모두 뺏기고 뼈만 건져 올린 〈바다의 노인〉처럼 허탈하고 생기 없는 얼굴이 노인이 겪는 질곡을 대변하고 있었다.

봄이 가고, 여름이 가고, 가을이 왔다. 노인을 찾아갔다. 낯선 남자가 문을 열었다.

“아, 그 노인, 이사 가셨어요.”

“할머니도요?”

“할머니요? 홀로 사셨는데요?”

나는 멀리 석양을 바라보았다.

엄지와 검지가 귓불을 잡고 귓바퀴를 돌았다.
좌우에 펼쳐진 평지를 거슬러 오르더니 제법 솟은 콧망울을 지나 줄금 그리듯 부드럽게 인중의 홈으로 흘러내렸다.
순간 나도 모르게 입술을 오므렸다. 오므린 입술 위로 세 손가락이 닿을 듯 말 듯 입맞춤을 했다. 여인의 손길이 턱을 내려오고 나서야 나는 침을 꼴딱 삼켰다.

강미나

• minak58@hanmail.net
• 010-3833-3568

• 수필가
• 『수필시대』로 등단

손님/열 개의 눈/백도/고추

손님

눈을 떴다. 남편은 기상과 동시에 그를 깨운다. 그는 지체 없이 손님을 불러온다. 여러 손님들이 와서 떠들기 시작한다. 가족들이 밥상 앞에 둘러앉는다. 눈은 손님을 뚫어져라 본다. 그리곤 간혹 킥킥거리고, 어째 저럴 수 있냐며 개탄도 한다. 가족들은 동상이몽으로 소통이 단절된다. 비옷을 입은 손님이 나와서 오늘은 우산을 챙겨 가라고 일러준다.

처음 그를 만난 건 여남은 살 때다. 월남 갔다 귀국한 오빠의 커다란 나무 궤짝 속에 그가 있었다. 그때 나는 그가 우리 집 안방을 차지한 건 당연하다고 생각했다. 그 뒤 나는 컬러라는 이름표를 단 그를 혼수품으로 선택했다. 그가 불러오는 손님들은 아이들의 유모였고, 요리선생도, 건강주치의도 되어 즐거움을 주는 살 부비는 가족이었다. 시간이 지날수록 집에는 다양한 손님들이 드나들었다. 아이들은 자석에 끌린 듯 손님과 코를 맞대고 있다. 뒤로 밀어다 벽에 붙여놓아도 어느 틈에 빠져 있다. 남편은 여가 시간이면 애인인 양 끼고 돌았다. 내 눈엔 천불이 난다. 하릴없이 청소기를 돌려대고, 소파 먼지를 털어댄다. 그 와중에도 아랑곳없이 손님에게서 눈을 못 뗀다. 그는 정신을 빼앗아가는 도둑 같았다.

하루는 외출했다가 들어서는데 집안에서 두런두런 여자소리가 났다.

"아니, 누가 왔어요?"

"어, 당신보다 먼저 온 손님."

낯 모르는 여자가 젖은 눈빛으로 독백을 하고 있다. 그리고 사랑의 세레나데를 불러주더니, 가벼운 입맞춤을 해주고는 사라졌다. 남편은 무척 행복한 표정이다. 여행을 눈으로 즐기는 남편은 친절한 가이드가 세계의 명소를 보여주어 고맙다고 한다. 시베리아 횡단열차에 꿈을 싣고 오늘도 테마 기행에 빠졌다. 쇼핑호스트는 붉은 입술로 유혹한다. 허전함을 달래줄 깜짝 선물도 권한다. 지갑을 열게 하고, 컬러로 꿈꾸게 하는 비상한 재주를 가진 일상의 손님을 남편은 편안한 옷처럼 좋아했다. 차츰 문제가 생겼다. 그와 가까워질수록 달갑지 않은 손님이 자주 들락거렸다. 나는 그들을 경계했다.

며칠 째다. 그의 얼굴이 세로로 주름살이 지다 퍼지다 오만상이다. 오늘은 머리 중앙에 가로 선이 생기더니 좌뇌가 흔들린다. 필시 중증이다. 왕진을 요청했다. 메인 키판의 수명이 다한 것 같으니 새로 장만하는 게 낫겠다고 진단했다. 나는 아이들 교육 운운하며 이참에 그를 추방해야 된다고 강력하게 주장했다. 남편은 낭패한 표정으로 '그래도……' 하고 말을 베어 물다 보일 듯 말 듯 고개를 끄덕였다. 남편이 조금 달라졌다. 괜히 들락날락한다. 마치 틀니를 잃어버린 노인네처럼 집에만 오면 우물우물 거북해 한다. 헐거운 옷을 입은 사람처럼. 결핍과 공허를 메우려고 헤매는 모양이다. 그를 들이지 말자에 찬성을 했음에도. 나는 남편을 꼬드겨 시장으로, 운동하러, 산책도 다녔다. 곧 나아지겠지 했으나 날이 갈수록 심드렁하니 바람 빠진 풍선이다. 소파에 앉으면 잃은 아이 생각나듯, 그가 빠져 나간 헐렁한 공간이 눈에 밟히나 보다. '다시 생각해 봐라' 아이처럼 보채기 시작했다. 급기야 리모컨을 들고 냉장고 문짝에다, 컴퓨터 모니터에다 대고 꾸욱 꾹 누른다. 리모컨을 아무리 눌러도 손님은 오지 않는다.

이 기회에 남편의 리모컨놀이를 종식시켜야겠다고 생각했다. 리모컨을 깊숙이 감추어 버렸다. 퇴근한 남편은 여기 저기 열어보고, 뒤적이고 몇 번을 찾아보더니 체념한 듯 묻지도 않고 입을 닫았다. 어찌 해야 되나.

남편이 다큐와 테마 기행, 스타크래프트와 동물들을 사랑하여 눈으로 즐기는, 어쩌면 은퇴 후 나랑 같이 여행 갈 곳을 찾고 있었는지도 모른다. 내 마음에 따뜻한 감동과 평안을 주기 위해. 그는 늘 새로운 옷을 갈아입고 제자리에 있고 싶어하는지도 모를 일이다. 나는 리모컨에게 궁시렁거렸다. 너 어떻게 하지. 리모컨을 다시 내놨다. 사실 이게 무슨 대수라고. 이 것을 숨긴다고 손님을 내쫓는 건 아니지. 리모컨이 저 혼자서는 손님을 불러 올래야 불러 올 수가 없는 거니까.

남편은 리모컨을 손에서 놓지 않는다. 큰 덩치가 빠져 나갔다 해도 마음에서는 빠져 나가지 않아 영원히 플러그를 뽑아버리지 못할 남편의 재미와 안식을 앗으려 하는 내 모반은 어찌 보면 발칙한 것이긴 하다.

마트에 갔다. 쌀쌀한 날씨에 끓일 생태 두어 마리와 양념거리, 과일을 사기 위해서였다. 입구부터 요란하다. 개점 사은행사로 '우수고객 특별할인'에 '가전제품 원가 이하' 대박 찬스를 놓치면 후회한다고 현란하게 유혹한다. 마음이 심란해졌다. 친절한 도우미의 안내를 받아 가전매장 앞에 섰다. '손님! 저희 가전매장 방문한 오늘의 행운의 고객입니다. 축하합니다.' 팡파르가 울렸다. 엉겁결에 가전만 할인되는 상품권을 받았다. 결국 생태는 물 건너가고, 벽에 거는 그를 모시고 왔다.

나는 지금도 그가 불러오는 손님을 그닥 좋아하지 않는다. 그러나 남편은 손님맞이에 즐겁고 부산하다.*

열 개의 눈

그 봄, 시어머니 되실 분이 당신의 막내며느리 될 색시를 만나보고 싶다는 전갈을 보내왔다. 그를 따라 과일 바구니를 들고 집을 나섰다.

그때 콩깍지가 씐 내 눈에는 천지가 봄이었다. 시외버스 정류소의 차장 목소리에도 생기가 돌고, 바삐 오가는 사람들의 발길도 경쾌했다. 버스를 타고 가는 내내 속이 울렁거렸다. 생초, 수동을 지나 안의, 산천이 낯설었다. 팽나무가 있는 이층 양옥 앞에 택시가 섰다.

대문이 열리자 하얀 스피츠가 먼저 달려 나왔다. 놀라 뒤로 물러서는 나를 어른들과 아이들이 반갑게 맞아주었다. 연초록 봄을 머금은 한 아름 정원이다. 금잔디가 깔린 정원에는 제비꽃 진 자리에 보리알 모양의 씨앗주머니를 맺었다. 담장가 볼을 붉힌 산당화 밑에 노란 양지꽃이 부러운 눈길을 맞춘다. 현관 입구 장미덩굴 아치에서 연한 향이 인사를 했다.

단아한 여인이 방안에 앉아 있었다. 어머니라고 했다. 나는 부끄러워 고개를 숙인 채 인사를 올렸다. 내가 자리에 앉자 손으로 당신 앞 방바닥을 두드렸다. ‘이리 가직이’ 나는 얼결에 다가앉았다.

“내 처자를 보고 싶은데……. 잠시 만져 봐도 되겠는지.”

나는 놀라서 어깨를 움츠렸다.

“미안해요 초면에. 내가 눈이 잘 안 보여서……이렇게라도 막내며느리 될 처자를 보고 싶어 그러니…….”

나는 눈을 꼬옥 감았다. 여인의 떨리는 손이 내 정수리에 닿았다.

두 손바닥이 매끄러운 머리카락을 타고 내려갔다. 손이 뒤꼭지를 쓰다듬었다. 손길이 다시 이마로 왔다. 넓지도 좁지도 않은 평원을 더듬고는 잠시 주춤하다 엄지 끝으로 두 눈썹을 사알 쓸었다. 나는 미간이 절로 좁혀졌다. 감은 눈 위로 한 오라기 바람이 성글고 긴 눈꽂을 지나갔다. 이어 손길은 관자놀이에 머물렀다. 분 바르듯 광대뼈에서 손이 떨리고 있었다. 엄지와 검지가 귓불을 잡고 귓바퀴를 돌았다. 좌우에 펼쳐진 평지를 거슬러 오르더니 제법 솟은 콧망울을 지나 줄금 그리듯 부드럽게 인중의 홈으로 흘러내렸다. 순간 나도 모르게 입술을 오므렸다. 오므린 입술 위로 세 손가락이 닿을 듯 말 듯 입맞춤을 했다. 여인의 손길이 턱을 내려오고 나서야 나는 침을 꿀딱 삼켰다. 목덜미를 스쳐 어깨로 내린 손길이 잠시 주춤했다. 조붓한 어깨를 감싸듯이 두 손이 미끄러졌다. 작은 내 몸은 염축 염축 오그라졌다. 내 입안이 마른 논처럼 바짝 말랐다. 손에 꼭 쥔 손수건이 더웠다.

여인은 땀 밴 손으로 내 손을 잡으며 “내 이리 본다고 무얼 알 수도 없으면서 그냥……. 그저 눈에 보이지 않는 복을 지녀 몸만 건강하면 살림도 일구고, 우리 식구가 되는 거지요. 이 손으로 내 아들과 서로 다독이고 섬기며 잘 살아요” 했다.

몸이 편찮다는 말은 들었지만 이렇게 앞을 못 보는 줄은 짐작하지 못했다.

시어머니에게 병이 찾아 든 것은 남편을 잃고 난 후부터였다고 한다. 입이 바싹 말라 물을 들이켜도, 먹고 또 먹어도 허기가 졌다. 당뇨병이었다. 그 합병증이 눈으로 왔다. 점점 눈을 비벼야 했고, 눈약을 암만 넣어도 소용이 없었다. 시간이 지나면서 다른 한쪽 눈마저 소금 꽃을 피웠다. 내가 선을 보러 갔을 때에는 더듬어야 알 수 있었다. 서너 해가 더 지나서야 백내장 수술을 받았다. 다행히 수술이 잘 되었다. 두 번의 강산이 바뀌는 세월 동안 환한 세상을 보았다.

야야, 머리 빗질 좀 해다고. 화사하게 분 바르고 나들이 간다고 따라 나선 어머니는 요양원에서 세 번의 겨울을 맞았다.

'뉘요. 날 아는 사람이요?' 한 달포 전에 왔을 때만 해도 '왔나' 했건만. 나는 침대로 다가가 앉았다. '다시 한 번 보이소.' '가만. 내 딸인가? 뉘더라?' 가무룩한 기억을 더듬듯이 눈을 깜박, 깜빡인다. '그럼, 이 사람은 누구지예?' '이 양반은, 내 동생 아이가, 아이고 내 모르것다.' 남편이 설핏 고개를 숙였다.

젊어서는 육안이 병이 들어 볼 수 없어 애끓이더니, 이젠 두 눈으로 훤히 보면서도 아들의 어룽한 물빛을 코 앞에 두고도 알지 못한다. 그리워하던 시간은 길어 이젠 만져보는 것도 잊었는가. 안타까움에 마른 눈을 닦아낸다.

오른손에 쥔 것을 왼손에서 찾는 어머니, 머리에 억새 이고, 아흔 고개 넘어간다. 이제는 장미가 쇠해서 찔레꽃이 되어버린 어머니, 당신이 좋아하는 찔레꽃은 행여나 돌아볼세라 기다리고 있건만, 어머니의 마음은 찔레 향을 움켜진 거인에게 포위되어 자꾸 끝으로만 간다. 그 겨울 골짜기로. 인고의 세월을 넘어온 보아도 알 수 없는 갈색 눈망울은 겨울 산 능선의 끝없는 시공을 아직도 헤아리며 서성거린다.

나는 어머니의 두 손을 잡고, 가만히 내 얼굴에 대어본다.*

백도

여남은 살 때. 대룡골은 복숭아 골이었다. 내가 놀던 실개천은 어디로 가고, 포장된 진입로가 번듯하다. 정순이가 살던 옛 집터에는 빌라들이 줄 지어 들어섰고, 비탈 밭터에는 고층 아파트가 우뚝했다. 이쯤 어디에 자루처럼 생긴 우리 밭이 있었다.

그 골에 살던 당숙이 사래 긴 우리 밭에 고구마나 옥수수를 심어 관리했다. 여름날 일이 바쁘면 아버지는 당숙에게 언니를 심부름 보내면서 꼭 나를 딸려 보냈다. 우리 집에서 대룡골은 멀었다. 가도 가도 끝이 없어 나는 가끔 해찰을 냈다. 그러면 어머니가 사 주는 아이스케키 하나씩 물고 긴 작대기에 보퉁이를 끼워 언니랑 한 쪽씩 잡고 흔들며 갔다. '논둑밭둑 지나서, 옥수수 밭 지나서~, 오솔길 지나면, 오막살이 집 한 채~' 돌림노래를 부르면서 땡볕에 땀을 쫄쫄 흘리며 갔다. 논틀, 밭틀 돌아 돌아, 골로 들어선다. '정순아' 손나팔로 노래를 더 크게 부르면 당숙의 큰 딸인 정순이가 동구로 달려 나온다. 그러면 언니는 당숙네 집으로 들어가고, 나보다는 한 살 많은 정순이 손잡고 안골 과수원으로 갔다.

그 집에는 정순이의 외가친척이 살고 있었다. 그 집에 구야가 있었다. 동갑내기 구야는 눈이 크고 살성이 하얬다. 웃으면 왼쪽 볼에만 보조개가 희미했다. 말이 없다가도 놀이를 하면 말을 잘했다. 구야는 깡통 차기보다 정순이와 내가 좋아하는 손가락으로 하는 실뜨기나 깔래 놀이를 더 재미있어 했다. 내 앞에 모인 깔래를 슬그머니 구야 등 뒤로 밀어준다. 좋아라 하며 손에 쥐고 흔들다 정순이한테 들키면 구야 귓불은 붉은 앵두 같았다.

우리는 논가 도랑에서 올챙이도 잡고, 밭둑에서 삐삐도 뽑아 먹었다. 그런 재미로, 더디 가던 그 길을 어느 날부터 심부름이 아니더라도 혼자 가게 되었다. 토요일이 되면 안개꽃 무늬가 자잘한 포플린 치마를 입고 나풀나풀 깨금을 뛰며 갔다. 멀리 실개천에서 피라미를 잡던 구야는 검정고무신을 흔들었다. 우린 네잎 클로버 찾기도 했다. 누가 먼저 찾나 내기도 했다. 널따란 풀밭을 헤집어서 네잎 클로버 찾아 나절을 헤맸지만 하나도 찾지 못했다. 그러면 서로 서먹했다.

방학이 팔월 한가운데로 들어섰다. 정순이랑 구야네 복숭아 원두막에서 같이 놀았다. 그 원두막에서 밀린 숙제랑 일기를 썼다. 정순이랑은 서로 바꾸어보고 큭큭거렸는데 구야는 끝내 보여주지 않았다. 더 써 넣어야 할 일기는 미뤄 놓은 채 원두막을 내려와 뛰어 다니며 놀았다. 과수원 울타리 곁에 키 큰 돌 복숭아나무가 있었다. 동쪽 가지 끝에 달아 보이는 복숭아가 있었다. 내가 따겠다고 사다리에 발을 올렸다. 그러자 성큼 구야가 먼저 올라갔다. 나는 밑에서 두 손을 벌리고 조마조마하며 가지 사이로 보이는 열매를 쳐다보았다.

그때 뿌직하는 소리와 함께 툭, 구야가 떨어졌다. 머리에서 피가 났다. 죽은 듯했다. 가슴이 방망이질 쳤다. 야야! 구야! 일어나봐라! 마구 흔들었다. 대답이 없었다. 낯빛이 하얘진 정순이가 저 너머 언덕바지로 향해 내달렸다. '아부지요' 하고 외치는 소리가 골 안을 맴돌았다. 먼저 도착한 당숙이 젖은 런닝구를 찢어 피가 흐르는 뒤통수를 묶었다. 뒤이어 흙발로 달려온 어른들이 복숭아나무 진을 탄 물을 먹이고, 핏기 없는 몸을 주물러 댔다. 실랑이를 한참 하고서야 힘없이 눈을 떴다.

구야네가 복숭아를 따는 날은 달큰한 내음이 온 골에 퍼진다. 백도를 유난히 좋아하는 아버지를 위해 당숙이 함지박에 가득 담은 백도를, 덜컹 달캉 소달구지에 실어 우리 집으로 왔다. 구야도 따라왔다. 숫기 없는 구야는 대문간에서 쭈뼛거렸다. 나는 구야의 손을 잡고 내 이층 방으로 데려왔다. 나란히 앉아서 내가 좋아하는 순정 만화책을 함께 보았다. 어쩐지 대룡골 풀밭에서 놀 때보다 구야는 재미가 없는 것 같았다. 구슬 한 주먹을 쥐어준다. 그제야 제 머리를 긁적이며 반 쯤 뭉개진 복숭아 하나를 호주머니에서 꺼냈다. '니 줄라고. 제일 맛있는 걸로 따 왔는데…….' 끈끈한 물이 손 안에 홍건했다.

그는 서울로 유학을 갔다. 군에 갔고, 많이 아프고, '차라투스트라는 이렇게 말했다'에 심취되었고, 출가를 했다.

"왜 출가를 했을까?"

오래 전에 했던 질문을 또 한다. 핸들을 잡은 채 정순이가 쓸쓸히 웃는다. '그걸 누가 알아?' 오래 전에 들은 대답이 산을 돌아온다.

"그러고 보니 중학생이 되고는 한 번도 제대로 못 만났네."

30년이란 세월이 흘렀다. 그는 지금 어디로 가고 있을까? 입산했다는 소식을 들었을 때처럼 오늘 정순이 데리러 오지 않았다면 정순에게서 그가 다비되었다는 소식을 들으며 나도 잠시 회상에 젖고 말았을까, 그것도 먼 훗날에.

이젠 마을이 되어버린 대룡골을 지나 안으로 들어가던 차가 섰다. 앞서 걷던 정순이의 발꿈치만 보며 산길을 올랐다. 산비탈에는 복사꽃들이 함초롬히 젖었다.

도원암. 작은 암자 옆 공터에는 벌써 사람들이 모여섰다. 형형색색 만장 사이로 상여와 커다란 백도가 와선에 들었다.

"거화."

다비장 주변에 서성이던 사람들이 큰 소리로 외쳤다.

"스님, 불 들어갑니다."

대나무 솜방망이에 붙은 불들이 도화대로 옮겨졌다. 댕겨진 불길이 하얀 휘장을 화르르 타 오른다. 뭉글뭉글 불꽃이 안으로 탄다. 연기는 일어 새끼줄 타래에 묶여 속을 메운다. 한 오라기 연기가 허공이 낯선 듯 오르다 맴돈다. 백도 속을 꽉 메운 새끼줄 타래가 한 가닥, 두 가닥, 탁 탁 끊어 먹힌다. 속 불은 제 가슴을 태우고 밖에서는 연신 물을 뿌린다. 물 먹은 멍석 사이를 비집고 나온 연기는 낮은 산자락에서 맴돌다 흩어진다. 점점 거센 불길에 소용돌이로 훑어 내린다.

소복 입은 할매 보살이 '스님, 스님' 하며 스님을 불렀다. 둘러선 보살들의 반야심경 염불소리도 점점 빨라진다. 비구 스님의 목탁소리마저 휘모리장단으로 숨 가쁘다. 사립문 멍석에 구멍이 났다. 얼기설기 통나무가 무너지자 낚아채듯이 불이 치솟는다. 하얀 천 바른 피부가 녹아내리고, 연기가 푸릇해지며 속을 내놓는다. 불길이 높을수록 속살은 비어간다. 하늘로 길을 내며 마지막 불씨 하나 오랫동안 붉지다.

'구야' 나는 속으로 그의 이름을 불렀다. 한쪽이 유난히 붉졌던 백도. 끈적한 단물이 목에 올라왔다.*

고추

종 묘상 앞이다. 모종판들이 인도를 반이나 점령했다. 원고지 칸칸에 쓰인 글자들처럼 포트 안에 서 있다. 저자거리에 불려 나오느라 물을 흠씬 맞았는지 앳잎 끝에 방울물이 대롱대롱하다. 나는 눈으로 고추모종을 고른다.

"안 매운 것은 저쪽이요."

순한 맛을 찾는 내게 주인아저씨가 가리키는 쪽으로 다가섰다. 이쪽 것과 별반 달라 보이지 않는다. 저 속에 매운 건 없을까. 색이 짙은 쪽으로 눈길이 갔다. 그 뒷줄에 연 연두색들이 고개를 조금 수그리고 있다. 나는 목을 쑥 빼서 눈을 맞춰 준다.

어느 새 순힐까? 힌참을 망설인다. 무종은 실해야 된다고 옆에 선 아저씨가 말해 준다. 그래도 나는 왠지 산골 냄새 풍기는 가늘한 것에게 끌렸다. 그 가녀린 허리를 외면하지 못해 두 판을 데리고 온다.

마음은 벌써 고추를 딴다. 고춧대에 고추가 주렁주렁하다. '초보 농사꾼이 어찌 이리 잘 키웠노.' 이웃 덕담에 한 봉지씩 선심 쓴다. 붉어지는 차례대로 고추들은 옥상에 자리를 잡는다. 투우사가 가실한 가을볕을 타고 쏜살같이 돌진해 오다, 흠칫 놀라 한판 뒤적여만 놓고 간다. 투명해져 가는 고추는 붉은 돈주머니 같다. 잘 마른 것을 귀에 대고 흔들면 다글 다글 금화 소리가 난다. 깨끗이 손질한 붉은 고추는 방앗간 기계에 곱게 갈려 미끄럼을 타고 내려온다.

고춧가루에 갖은 양념을 섞은 소에 김장을 도우러 온 이웃들의 수다도 함께 버무린다. 노란 고갱이에 붉은 양념을 바르고 생 굴 두어 개 얹어 통깨 솔솔, 서로 간 본다며 입을 크게 벌린다. 두세 번 말갛게 헹군 절여진 배추에 붉은 옷을 입힌다. 구수한 햅쌀 뜸 들이는 소리에 수육 내음 보태지고, 배추 속 아삭거리는 소리에 군침이 돈다. 쭉쭉 찢어 밥숟가락에 척척 걸친다. 손가락을 쪽 핥는 소리에 멍한 정신을 깬다. 입안에 침이 고인다.

미리 물을 주고 심어야 잘 산다고 했다. 주전자로 이랑에 물을 주었다. 비닐도 씌우고. 구멍을 낸 자리에 한 포기씩 심는다. 발에 싼 흙이 덜어지지 않도록 조심스레 넣었다. 뿌리 짬에 부드러운 흙을 채우고 꾹꾹 눌러준다. 다 심어놓고 돌아본다. 처진 잎들이 새들하다. 모종들이 엉거주춤 차렷한 시골아이들 같다. 그 중 하나가 꼿꼿하게 고개를 든 모양새가 의심스러웠지만 그 속내는 알 수 없다.

며칠 안 가서 고추 모는 뿌리를 내렸다. 한결 생기가 돈다. 한낮의 햇살과, 이따금 목을 축여주는 소나기, 살랑 바람이 왔다 가고, 밤이면 풀벌레의 노랫소리가 들려온다. 정강이, 옆구리, 가슴팍에다 저 나냥대로 활개를 벌인다. 엇난 옆순을 따 준다. 여기저기 하얀 통꽃을 욕심껏 피워 올렸다.

더러 기도하는 마음이 따르지 못하는 때도 있다. 마른장마가 왔다. 꼬이는 벌레들에게 뜯겨 누런 눈물이 방울져 내리는 탄저에 몸살을 한다. 그러던 중 태풍이 왔다. 동이물을 쏟아 부으며 바람갈퀴로 긁는다. 고추는 휘둘리며 땅을 붙들었으리라. 태풍이 지나간 뒤, 엎어진 지주와 고추들을 곧

추세웠다. 비바람이 할퀸 생채기에 햇살이 어룽진다.

물고추가 내렸다. 여름 한낮 된장에 찍어먹는 풋고추는 별미다. 고추밭으로 갔다. 고추들이 이파리 뒤로 숨어 있다. 볼이 붉은 녀석은 슬그머니 밀어놓고 풋내나는 고추 몇 개를 따왔다. 나는 물밥 한 입 떠 넣고 풋고추를 베어 물었다. 땡벌 한 마리가 내 통각세포를 톡 쏘았다. 순간 물이 번져 나왔다.

요즘 매운 맛 열풍이 대세다. 땡초 김밥, 매운 불닭, 눈물꼬지……. 매운 고추 먹기 대회도 있다. 최고 100만 스코빌을 가진 인도의 부드 줄로키아는 잘못 먹으면 사망한다는 귀신 고추지만 레시피에 인기다. 이렇듯 입 안에 불이 나 얼얼하고 코끝이 저릿하고, 등줄기에 땀이 나도 멈출 수 없는 중독의 쾌감을 다들 즐기는 듯하다.

나는 늘 안 매운 것, 순한 맛만 찾는다. 남들은 매운 것을 즐겨 먹는데 눈이 어둔 나는 그 속을 몰라 봉변을 잘 당한다. 살다 보면 입 안에 들어온 매움을 만날 때가 있다. 때로는 뱉어 내기도 한다. 하지만 어떤 때는 피할 수 없어 삼켜야 할 때도 더러 있다. 매운 것을 부정하려는 마음이 클수록 내 속은 탄다. 삶의 고비 고비에 매복한 땡초 맛을 피하기가 어디 쉬운 일인가. 겉은 멀쩡해 보여도 속은 약이 오르고 독해져 버리는 게 고추뿐이겠는가. 나도 그럴진대. 어쩌면 내 속이 타고 매울 때가 더러 있으니 입맛만이라도 순한 것을 찾는지도 모를 일이다.*

마음에 낀 안개 때문이었다고 말하고 싶었지만 아무도 이해하려 하지 않았다. 길을 잃고 어둠 안으로 끌려 들어갔다. 인격이란 한 줄기 소낙비에 쓸려 가는 흙더미 같은 것, 무지막지로 나부대는 말은 재워지지가 않았다. 아팠다. 안개 때문이라고! 이 안개가 걷히면 괜찮을 거라고 스스로를 달랬다.

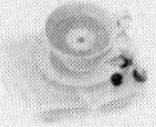

공복임

- bi5397@paran.com
- 010-4025-6635

- 수필가
- 에세이포레로 등단

둥지/아날로그 향/안개

둥지

후텁지근한 날씨였다. 창문을 활짝 열면 좋으련만, 아이들은 창을 잘 열지 못했다. 언젠가 우리들을 공포에 떨게 했던 드라마 '독거미' 탓이다.

베란다 창을 열었다. 방충망에 거미들이 진을 치고 있었다. 나는 먼지떨이로 망의 여기저기를 후려 털었다. '퍼드덕!' 흠칫 놀라 밖을 보았다. 비둘기였다.

작은 방 베란다 앞에는 조그만 거치대가 있다. 에어컨 실외기를 놓아두는 장소다. 실외기와 창틀 사이에는 겨우 반 뼘 정도의 여유가 있는데 그 틈새에 비둘기 집이 있었다. 흙과 지푸라기로 만든 앙증맞은 집엔 알 두 개가 동그마니 놓여있었다. 어미는 엉거주춤 느린 걸음으로 비켜서서 불청객을 주시한다. 나는 가만히 창문을 닫았다.

손등으로 햇빛을 가리고 이마를 창에 바짝 붙이고는 둥지를 들여다봤다. 다시 알을 품고 앉아서 집 안쪽을 향해 눈을 굴리고 있었다. 무더위가 사람들의 인내를 시험하는데도 우린 창문도 열지 못하고, 에어컨도 돌리지 못했다.

　수삼 일이 지난 어느 날, 드디어 새끼 비둘기가 형체를 드러냈다. 비둘기가 건강하게 알을 깨고 나온 것에 대해 우리 가족들은 기뻐했다. 새 생명의 탄생에 일조를 했다는 자부심까지 가세했다. 다시 며칠이 지났다. 한 마리는 흰색, 다른 한 마리는 회색 빛이 선명해졌다. 이제 곧 훨훨 날게 될 것이다. 그러면 창문도 열고 에어컨도 돌릴 수 있으리라. 우린 기대에 차 있었지만 새끼 비둘기는 쉬 날지를 못했다.

　여름 날씨는 참으로 변덕스러웠다. 며칠간은 활화산만큼이나 뜨겁다가, 또 며칠은 홍수가 질 만큼 비를 퍼부었다. 그런 다음이었다. 비둘기 둥지에 새끼비둘기가 한 마리뿐이었다. 둥지 안을 감쌌던 지푸라기는 늘어난 배설물과 엉켜 봇둑이 되어 있었고, 빗물에 밀려온 배설물이 배수구를 막아 거치대 바닥은 넓은 물웅덩이가 되어있었다. 그 웅덩이에 새끼 비둘기 한 마리가 두 다리를 엇 포개고 깃을 늘어뜨린 채 누워있었다. 날갯짓을 배우러 나왔다가 변을 당한 모양이다.

　토요일 오전, 남편을 채근해서 비둘기집 청소에 나섰다. 8월의 햇살은 뻥 뚫린 하늘을 가로질러와 살갗이라도 태울 듯 달려들었다. 남편은 챙이 긴 모자에 마스크를 쓰고, 면장갑에 고무장갑까지 꼈다. 나머지 가족들은 남편을 보조했다. 필요에 따라 도구를 챙겨주고 심부름을 하는 대기조였다. 어미 비둘기는 어디를 갔는지 보이지 않았다. 어디선가 이곳을 지켜보고 있으리라 믿고 종이박스에 회색 비둘기를 담아 실외기 위에 올려놓았다. 거치대 바닥의 상태는 밖에서 봤던 것보다 훨씬 더 심각했다. 손이 닿지 않는, 실외기 밑 깊은 안쪽까지 밀려들어간 배설물을 꼬챙이로 일일이 꺼내야 했고, 죽은 비둘기 몸피 바닥에 진을 치고 있는 구더기를 손으로 치워야 했다. 냄새는 또 얼마나 고약한지, 방독마스크라도 써야 할 판이었다.

비둘기 가족의 이사를 준비했다. 날갯짓에 서툰 새끼 비둘기가 어미의 보살핌을 받을 공간이 필요했다. 궁리 끝에 1층 화단 안쪽 빈 공간으로 하면 될 것 같았다. 어미 비둘기가 보이지 않았지만 어딘가에서 새끼들을 지켜보고 있으리란 믿음엔 변함이 없었다. 어미 비둘기가 멀리서도 볼 수 있도록 우린 아파트 외벽을 따라 새끼비둘기를 내리기로 했다. 먼저, 집안 구석구석을 뒤져 짧은 끈들을 찾아 이어 맸다. 남편은 거치대 난간에 서서 박스에 달린 줄을 천천히 아래로 내렸다. 아이들은 먼저 내려가 박스가 닿을 지점에서 기다렸다.

나는 7층 집에서, 먼저 내려간 아이들과 전화로 상황을 주고받았다. 박스가 잘 내려가고 있는지, 몇 층을 통과하고 있는지 아이들은 실시간으로 알려왔다. 장애물에 걸려 박스가 멈췄을 땐 줄을 당겨 올려 다시 바깥쪽으로 내렸다. 무사히 박스가 땅에 닿았다는 신호다. 묶어뒀던 끈을 자르고 서둘러 아파트 뒷마당으로 내려갔다. 고개를 들고 둘레둘레 주위를 살폈지만 어미 비둘기는 보이지 않았다. 나는 새끼비둘기가 든 상자를 1층 베란다 밑 땅바닥, 움쑥한 곳으로 옮겨놓았다. 바람막이도 되고, 그곳이라면 충분히 살 수 있으리라. 아니 그렇게 믿고 싶었다. 나는 어미 비둘기 눈에 잘 띄게 하려고 박스를 바깥쪽으로 조금 당겨놓았다.

어미 비둘기는 한참이 지난 뒤에 아파트 난간에 나타났다. 난 어리둥절하며 어미 비둘기를 바라봤다. 왜 새끼한테 가지 않고 여기서 서성대느냐고 눈짓을 했다. 새끼가 없어진 걸 안 어미비둘기는 두리번거리다가 집 안을 향해 초점을 고정시켰다. 마치 새끼를 내놓으라고 시위라도 하는 듯, 충혈된 눈으로 나를 노려봤다. 인간의 언어로 아무리 설명을 해도 비둘기는 도통 알아듣질 못했다. 다시 뛰어 내려가 새끼 비둘기를 들고 올 수도 없고, 답답했다. 이럴 땐 만물공통어라도 있다면 좋을 텐데…….

새끼비둘기가 있는 곳으로 내려갔다. 내가 다가가자 포르륵— 짧은 날갯짓을 한다. 저 정도면 혼자서도 먹이는 구해 먹을 수 있지 않을까 싶으면서도 마음에 걸렸다. 나는 어미 비둘기를 향해 손을 흔들며 '여기야! 여기!' 하고 소리를 질렀다.

사람들이 편리한 환경을 좇아 삶의 터전을 옮겨 가듯이 그들도 자리를 가려 둥지를 트는 모양이다. 비바람을 막아 주는 지붕, 천적으로부터 몸을 숨길 수 있는 실외기, 망루 역할을 하는 난간 보호대까지 갖춰져 있으니 어찌 탐이 나지 않았을까. 둥지를 틀기에 더없이 좋은 환경이었을지 모른다. 암수 비둘기는 난간에 올라앉아 밀어를 속삭이며 행복한 미래를 꿈꾸었을 것이고, 새끼가 건강하게 자라기를 바라며 열심히 먹이를 물어다 날랐을 것이다. 그 평화로움이 언제까지나 이어질 것이라는 믿음에 한 치의 의심도 없었을 것이다. 적어도 먼지떨이를 마구 휘둘러대는 침입자가 나타나기 전까지는.

어둑할 무렵, 걱정이 되어 새끼 비둘기를 놓아둔 자리로 갔다. 뭐지? 웬 시커먼 물체가 보였다. 눈꺼풀에 힘을 주고 다시 봤다. 고양이다. 살찐 배를 눕히고 늘어져 있는 그놈을 본 순간, 헉! 하고 숨이 멎었다. 비둘기는 보이지 않고, 빈 종이박스에 검은 바람만 휑하게 지나갔다.*

아날로그 향

벽을 기대고 앉았다. 두 평 남짓한 방의 네 벽이 빼곡하다. 누가 그린 인물화인지는 모르지만 숨쉬는 그림들이 다닥다닥 붙었다. 저 필치야말로 자연 그대로인 천의무봉의 필치다. 튀는 데 없이 아주 편안하게 그려진 얼굴들이 흘러가듯 서로 안부를 묻는다.

문이 열렸다. 하얀 가운을 덧입은 중년의 여의사가 눈웃음을 건네며 들어온다. 알록달록한 조각 천을 덧붙인 청바지가 낯선 듯 정겹다. 참 편안한 차림이다. 빨간 바탕에 꽃수가 놓인 동그란 방석을 엉덩이 밑에 당겨넣으면서 입구 쪽 할머니 앞으로 다가앉는다.

"좀 어떠세요?"

"다리는 나았는데 감기기가 있어서…."

의사의 말은 대체로 간결형이고, 그 앞에 앉은 할머니는 대체로 생략법이다.

"주사 맞으면 되죠 뭐."

날카로운 바늘이 할머니의 손등을 꼭 찔렀다. 의사는 다리도 좋아지고 머리도 맑아질 거라면서 할머니의 발가락에 바늘을 하나 더 꽂았다. 할머니는 짧은 신음소리를 내며 이맛살을 약간 찡그렸지만 이내 편안한 표정이다. 빨간 방석은 아날로그 시계의 초침처럼 옆 사람에게서, 그 옆 사람에게로 옮겨갔다. 그림 앞에 선 관람객처럼. 의사가 자기 앞에 와 앉을 때면 할머니들은 아픈 곳을 열심히 설명한다. 그러다 보면 안 아픈 곳이 없다. 마치 구입해야 할 물건의 목록을 뒤지듯이 들추어 낸다. 팔이, 등이, 머리가, 코가 막히고…….

앉은 자세로 다리를 폈다 오므렸다. 손을 들었다 놨다. 몸을 이러 저리 흔들었다. 침은 아픈 반대쪽에 놓는데, 침이 꽂혀 있는 동안은 아픈 쪽 수족을 계속 움직여 줘야 한다. 그래야 혈이 잘 통해서 효험을 많이 본다는 것이다. 배가 아팠던 나도 왼쪽 손등과 발가락에 침을 한 대씩 꽂고는 몸을 부채꼴모양으로 부지런히 움직였다.

빨간 방석이 열두 시에서 한시 방향으로 한 바퀴를 다 돌고 나면 방안은 동네사랑방이 된다. 오늘은 오른쪽 입구에 앉은 팔순 할머니가 말머리를 잡았다.

"아이고 나이가 든게 여기저기 안 아픈 데가 없네. 함 살아보래, 물물이 늙는다이. 칠십고개 넘을 때 좀 다르다 싶더마, 팔십 고개 넘은 깨 늙는 기 확실히 느껴지는 기라— 걸을 때도 다리에 힘이 없어 휘청거려지고…."

이제 갓 환갑줄 같은데 팔순이란다. 신앙생활을 하며 노인대학을 10년째 다니고 있다고 했다. 표정이 밝고 온화한 분이다. 조용조용 말소리가 낮다. 이야기하는 동안에도 내내 입 꼬리가 올라간다.

옆에 나란히 앉아있던 칠순 할머니가 팔순 할머니의 말을 받았다. 자신은 아직 팔순도 안 됐는데 다리에 힘이 없단다. 내가 보기엔 칠십이고 팔십이고 다 거기서 거기 같은데 10년차란다. 두 할머니의 대화를 듣고 있자니 괜스레 멋쩍은 생각이 든다. 할머니들의 나이에 비하면 나는 아직 새댁

소리를 들어야 할 나인인데, 이렇게 나란히 앉아 있으니 민망하기까지 했다.

의사가 두 차례 더 다녀가고 우리는 2층 뜸방으로 옮겨갔다. 그곳은 환부에 쑥뜸을 놓아 혈의 순환을 돕는 곳이다. 뜨끈한 온돌 방바닥에 적당히 자리를 잡고 눕는다. 천장에 형광등이 한심해 한다. 그런들 어쩌겠는가. 칠십, 팔십 사이에 끼어 나도 大자로 나란히 누웠다. 뜸방 간호사는 싹싹하다. 친정어머니를 만난 듯 반갑게 만져주고 멍 맺힌 곳에 쑥을 올리고 불을 붙인다. 매캐한 연기가 자욱이 깔리고, 배는 뜨겁다고 살갗을 움츠린다. 때맞춰 간호사가 달려와서 천 조각을 깔아준다. 따뜻함과 나른함이 졸음을 몰고 와 나는 미끄러지듯 꿈속으로 딸려갔다.

영산 아지매는 유년의 내 고향집 이웃에 살았다. 딸 둘에 아들 셋을 두었고, 막내를 제외하곤 모두 나보다 연배였다. 사립문을 밀고 들어가면 마당도 없는 좁은 공간에 화단을 만들어 놓았었다. 화단엔 일년생 화초들이 늘 생글생글 웃고 있었다. 집 모서리를 도는 담장 아래에도 꽃나무들이 심어져 있었다. 해바라기와 수세미 사이에 처음 보는 열매도 있었다. 다래도 아닌 것이, 황금색 입을 쩍 벌리고 빨간 씨앗을 머금고 있었다. 세월이 한참 지낸 뒤에야 그 신기한 열매가 여주라는 것을 알았다.

우리집은 마을 입구에 있는 길 가 집이었다. 영산 아지매 집하고는 제일 가까운 이웃이었다. 동생이 오줌을 싸면 체를 뒤집어쓰고 소금을 얻으러 가는 집이었다. 필요한 연장이 보이지 않을 때 빌리러 가는 곳이기도 했지만, 배가 아플 때 찾아가는 병원이기도 했다. 밤중이든 새벽녘이든 우리 형제들은 배가 아프면 아지매를 찾아갔다. 아지매의 얼굴은 늘 온화했다. 한 번도 화내는 모습을 본 적이 없다. 식사를 하시다가도 수저를 걸쳐놓고 우릴 돌봐주셨다. 따뜻한 아랫목에 우릴 눕히고 배에 손을 얹어 주문을 외우듯이 '어디 보─자───' 하시며 손으로 배를 만지셨다. 양 옆 언저리

부터 부드럽게 만진 후에 배 중앙으로 훑어 들어왔다. 나는 아프다고 오만 상을 다 찡그리며 배를 이리저리 움츠렸다. 아주머니는 싫은 내색 한 번 안 하시고 부드러운 웃음으로 달랜다. 배를 이리 저리 훑어 내려가던 손이 어느 한 장소에 멈추며 '여기가 맥혔네' 하신다. 딱딱한 배를 부드럽게, 다 시 깊고 세게 주무르셨다. 그렇게 아지매의 손이 배 위를 두어 바퀴 돌고 나면, 일으켜 앉히고 양 옆구리를 두 주먹으로 가볍게 두드렸다. 그리곤 긴 트림을 하셨다. 마치 자신의 막힌 뱃속이 뚫리는 것처럼 시원하게 트림 을 한다. 그러면 나도 트림이 나왔다. 아지매의 손이 지나가면 배가 낫는 것도 신기했지만, 그 기이한 트림은 과학적으로 어떻게 설명이 되는 건지 알 수가 없다.

'드르렁~ 드르렁~'

할머니들의 코고는 소리에 잠을 깼다.

'아니 벌써 다 나으셨나? 코를 골 만큼……' *

안개

누가 물담배를 피웠나? 연무에 취해 아침이 몽롱하다. 길이 보이지 않는다. 커다란 토끼눈을 연신 껌벅거리며 차들이 진땀을 흘리고 있다. 이마에 주먹이 날아와서야 신호등의 불빛을 알아본다.

마음은 달리고 싶다. 서둘러 나왔는데도 늦게 됐다. 죽은 뱀처럼 늘어진 차들이 침 먹은 지네처럼 느리다.

라디오는 귀 밖에서 혼자 앵앵거린다. 내 눈은 앞 차의 꽁무니에 가 박혀 있다. 엑셀에 발을 얹는다. 덜커덕! 브레이크를 밟았다. 하마터면 앞 차를 받을 뻔 했다. 하루가 뒤틀린 대님처럼 구겨지는 일은 먼데서 오는 일이 아님을 실감하면서 뿌연 시야를 본다.

"안개가 짙게 깔렸습니다. 오늘 같은 날은 주의하서야 합니다. 특히 운전하시는 분들은 진짜로 조심하시지 않으면 큰일 납니다." 라디오는 대책 없는 말을 하고 있다. 아나운서가 안개처럼 무료한 모양이다.

"사람의 마음도 안개와 같은 것입니다. 마음에 안개가 가려 잘 보이지 않을 때는 상대의 마음도 잘 헤아릴 수가 없지요. 그런 때는 서로가 서로를 위해 조심할 필요가 있습니다."

라디오는 여전히 공자 말씀을 하고 있다.

녀석은 장난기 많은 개구쟁이다. 손에 잡히지 않는다. 있으되 뚜렷한 형체가 없다. 나무 막대기처럼 딱딱하지도 않고 칼날처럼 날카롭지도 않다. 블랙휘장이라면 오히려 낫다. 어디에 그런 심술보를 감춰 뒀는지 녀석의 심보는 수시로 들락거리며 하늘과 땅을 분간에서 제외시키고 달도 별도 베일에 싸버린다. 일쑤 사람의 마음을 흔들어 뿌옇게 창을 흐려놓는다. 금슬 좋은 부부 사이에 기어들어 뚝배기에 금 그어놓듯 흔적을 남긴다. 친구 사이에 가로누워 우정을 갈라놓기도 한다. 가슴팍에 향수를 뿌리면서 연인을 울린다.

부딪히고 깨어지는 소리가 들린다. 차 문을 열고 내다보았다. 옆 차선에서 인간의 의식이 오작동을 일으키고 있다. 별것도 아닌 듯한데 서로가 서로를 가해자라고 언성을 높인다. 세 뺨도 안 되는 거리에서 주고받은 대화는 지구를 반 바퀴나 돌고 온 사람들의 말처럼 변질되어 버린다. 날카로운 뿔은 서로 박치기를 한다. 너겁 앉은 유리창처럼 말이 지저분해진다. 뒤에선 차들이 깜박이를 반짝거리면서 클랙슨을 울려댄다. 그래도 아랑곳 없다. 오히려 더 기를 쓰며 네 탓에 삿대질을 해댄다. 나는 앞 차 꽁무니에 차를 바짝 붙인다.

내게도 저런 날이 있었다. 딴 생각에 빠져 있다가 무심코 밟은 액셀이 화근이었다. 마음에 낀 안개 때문이었다고 말하고 싶었지만 아무도 이해하려 하지 않았다. 길을 잃고 어둠 안으로 끌려 들어갔다. 인격이란 한 줄기 소낙비에 쓸려가는 흙더미 같은 것, 무지막지로 나부대는 말은 재워지지가 않았다. 아팠다. 안개 때문이라고! 이 안개가 걷히면 괜찮을 거라고 스스로를 달랬다.

두 사람의 고함소리가 낮아졌다. 체력이 소진되고 있는 모양이다. 싸움을 붙여 놓고 묵묵히 구경만 하던 안개도 좀 싱겁나 보다. 스물스물 움직이기 시작한다. 한 줄기 빛이 스며들고 형체도 알 수 없었던 물체들이 제 모습을 찾아간다. 어린 강아지 세 마리가 뒤뚱대며 쫓아간다. 주인 꽁무니를 놓치지 않으려 짧은 다리를 부지런히 떼어 놓는다. 강둑 산책로에도 사람들의 모습이 하나둘 보인다. 팔을 앞뒤로 힘차게 흔들며 바쁘게 걸음을 옮겨간다.

안개는 그와 나 사이에만 있는 것이 아니다. 내 마음 안에도 짙게 깔려 있다. 눈에 보이지 않는 수만 갈래의 길을 지혜의 더듬이로 더듬어서 찾아가는 것. 살아간다는 것은 안개 속을 걷는 것과 같다고. 그래서 내 발등을 밝힐 작은 손전등 하나쯤은 지녀야 하는 것을.

나는 여전히 안개 속을 걷고 있다.*

나는 날고 있다.
날개도 없이 지팡이도 없이 허둥지둥 날고 있다.
알 수 없는 표정으로 뒤뚱거리며 공중을 뛰고 있다.
허둥거리기 도술의 경지에 도달한 것이다.

김숙녀

• thtsmsgolady@hanmail.net
• 010-7445-6313

옹이산 / 파열

옹이산

"에 이 빌어먹을 놈! 내가 세 살이나 위인데 하대를 해!"

홍시 한 광주리를 이고 읍내 장에 가셨다가 돌아온 어머니가 머리에 썼던 수건을 벗어 무릎에 탁탁 화를 치셨다.

사람의 성향은 천 층 만 층 구만 층이라며 남들과 싸우지 말고 이해하도록 하라고 밥 먹듯이 타이르시던 어머니께서 욕설을 중얼거리며 안 피던 담배까지 한대 피우셨다. 화가 단단히 나신 것이다. 아마 외갓집 동네 민씨 성을 가진 그 사람을 만났을 것이다.

그는 빨치산 앞잡이나 진배 없었다. 구름 낀 그날 외삼촌 둘이 한꺼번에 사라졌다. 지고 오던 나뭇짐은 나란히 길가 언덕 밑에 내려져 있는데 사람은 감감했다. 나중 안 일이지만 지게를 내려놓은 그 자리에서 외삼촌들은 산으로 끌려간 것이었다. 그러고는 끝이었다. 영원히 돌아오지 않았다. 잡혀간 뒤 소식이 없는 자식들을 생각하며 총탄에 한쪽 눈을 잃은 막내아들까지 잃을까 봐 외할아버지는 살던 터전을 두고 한 많은 이사를 가셨다. 소문도 못 닿을 곳으로.

비록 산 너머일지라도 마을에 내 부모형제가 살고 있다는 사실은 출가한 여인들에게는 언제나 마음 든든한 위안이 되지 않던가. 날씨가 흐려지기만 해도 어머니는 입버릇이 되어 그 옛일을 중얼거리는데……. 아마 장거리에서 그 채신머리없는 사람을 만나 아직 다 아물지도 못한 상처를 다치신 것 같다. 평생 지우지 못한 그 응어리는 외삼촌만의 이야기가 아닐 것이었다.

전쟁이 나고 세상은 더 사나워졌다. 아버지도 끌려갔다. 순사들이 갑자기 들이닥친 그 끔직한 밤을 어머니는 잊어버리지 못했다. 세월이 약이란 말은 몽땅 거짓말인 것 같다. 살면서 잊혀지는 것들, 세월이란 약을 먹고 기억에서 사라지는 일들은 참 하찮은 것들일지도 모른다.

어머니는 그리움과 외로움을 안고 고달픈 청춘을 살지 않으면 안 되었다. 그것은 운명이라 하기에는 너무도 가혹한 시련의 시작이었다. 혼자 남아 키우던 자식들, 큰 아들은 소아마비로 벙어리가 되고, 신동이라 불리던 둘째 아들은 불각시 열을 앓아 에미 가슴에 묻혀 버렸다.

찬새미골에 밭이 있었다. 두 이랑이 비탈을 구불구불 가로지르는 긴 밭이었다. 뒤로 시커먼 돌 어더랑이 험하게 치달으며 등줄을 세우고 있었다. 애장이라 불리는 돌무덤이 뭉텅뭉텅 있고 큰 바위 밑에는 짐승 똥이 몇 개 보이기도 하는, 땅거미가 내리면 해뜩 판뜩 귀신이 움직이는 느낌을 떨칠 수 없는 곳이었다. 어머니는 오줌동이를 이고 날마다 가듯이 그 밭으로 갔다. 왔다갔다하기 힘들다며 밥덩이 옆에 무짠지 조금 뭉쳐 들고 가서 그 척박한 밭에서 일쑤 하루해를 보냈다.

유독 그 밭에 갈 때 엄마는 나를 데리고 다녔다. 나는 작은 물주전자 하나 들고 다리 아프다며 칭얼칭얼 따라다녔다. 내가 할 수 있는 일이란 기껏 돌 주워 반주깨비 살다가 그도 심심하면 엄마에게 다가가서 치덕거리는 일 뿐이었다. 어쩌다 마음 내키면 거들기라도 할 듯이 닳은 숟가락 같은 호미로 이랑을 어질러놓는 게 고작이었다. 그러면 어머니는 내 엉덩이를 두드리면서 '너 때문에 긴 밭 이랑 다 장만했다' 며 웃으셨다.

어둑어둑 산그늘이 내리면 귀신이나 도깨비보다 무서운 것은 사람이라며 어머니는 농기구를 이고 나를 앞세우고 문상비둘기 흐윽거리는 어둑한 길을 종종 걸음으로 내려오곤 하셨다. 그러니까 어머니가 나를 데리고 다니는 것은 어머니가 혼자 있기에는 그 산밭이 너무 외졌는지도 모른다. 세상천지를 분간 못하는 나를 말벗 삼아 다녔을 어머니다.

정작 외롭고 서럽던 그때 어머니는 혼자였다. 어머니에게 그 밭은 애증을 끓이는 곳이었는지 모른다. 산에서 내려오는 허기진 병사가 빨치산일지도, 오빠일지도, 남편일지도 모를, 그런 기다림과 두려움으로 어머니는 산밑에 달린 그 밭을 오르락 내리락거렸을지도 모른다. 산짐승같이 슬픈 눈매를 하고 겨울이 오는 산속으로 떠난 어느 소년병이 고향과 가족을 그리며 헤매는 듯 눈에 자꾸만 밟혀서 거름동이 이고 밭으로 갔으리라. 개쫑다리 끝터기에 긁혀 찐득한 피들이 엉킨 발목 끝에 묶인 신발을 끌고 다니다가, 돌산 언저리에 붉나무 잎은 다 떨어지고 개암열매 몇 개 주워 먹고, 어쩌다가 만난 감나무는 삐쩍 말라 검버섯이 돋고 밑둥에 흰 버섯이 다닥다닥 붙은 감나무, 그 꼭대기에 몇 개 달린 붉은 돌감을 소년병은 목을 빼고 쳐다보았을지도 모르겠다. 밭고랑을 호비다가 눈물로 고여오는 선한 그림들, 그렇게 어머니는 그 밭에 혼자 있었을 것이다.

그래도 어머니는 서숙도 심고, 들깨도 심고, 뿌리는 잘 자라지 않지만 무도 심으셨다. 그 누구를 원망할 수도, 좋아할 수도 없었던 어머니는 산에 매달린 밭을 가꾸며 가끔 노래도 흥얼거리셨다. 어디서 배냇소 한 마리 데려다가 뜯겨놓고 해지도록 일하다 보면 시름도 없어지고 남은 자식들도 먹일 수 있었다.

된서리가 내리는 밤 물레방아에서 끌어온 희미한 알전구마저 정전이 된

날 아버지는 호롱불 아래 모여있는 자식들에게 전쟁을 치르며 겪은 일을 영웅담처럼 풀어 놓으셨다. 동화 같은 이야기를 들으며 귀를 쫑긋거리는 아이들에게 고욤범벅이랑 생 고구마랑 군것질거리를 들고 오신 어머니는 아무런 말도 표정도 없이 물끄러미 남편을 바라보며 그저 듣고만 있었다. 가슴에 묻힌 상처를 남 얘기처럼 바라보고 계셨으리라.

어머니는 그 산에 묻히셨다. 부모도 형제도 자식도 다 떠난 그곳을 끝내 떠나지 못하고 형제인 양, 자식인 양, 아픈 무릎일지도 모를 옹이진 상처를 보듬고 혼자 누워 계신다.

청명. 하늘도 저리 맑건마는 …….*

파열

내 자식은 일등일 거라고, 하루 종일 학원가에서 산다고, 마음 털어놓을 친구가 없다고, 엄마를 죽였다고, 염색한 머리로 인사도 할 줄 모른다고, 침을 찍찍 뱉으며 욕지거리가 입에 붙었다고, 요즘 아이들 버릇이 없다고, 자기밖에 모른다고 손가락질 해대며 남은 손가락들 형체도 없는 것을 가리킨다.

초가를 없애고 얼렁뚱땅 슬레이트 지붕 만들고 골목길도 넓히고 옹기종기 고솜한 동네를 좌우로 가르더니 50년이 지나면서 그 조각들이 다시는 엉기지 못하게 흩뿌려졌다. 당산나무 둥치도 자르고 쉬어가던 바위도 부수고 깊은 물길도 메우는 바람에 뿌리의 존재는 머물 곳을 잃었다.

다른 마을보다 빨리 걷어치워야 한다고 빨리빨리, 고래고래 경쟁심을 외치다가 집으로 돌아오면 텃밭에 지붕을 얹어 누에를 치고, 슬레이트 외상값을 갚고, 돼지새끼를 팔아 돌담 헐어버린 곳에 블록 쌓을 시멘트 값을 치렀다.

이런저런 개량에 간이 부풀어진 자식들은 찐득거리는 설탕맛에 녹아 커피를 마시며 서양노래를 부르기 위해 도시로 도시로 갔다. 구둣발이 눈에 번쩍거리는 푼수들은 아스팔트 위를 헤매다가 밤엔 콘크리트 속에서 유령을 낳고 아침이면 핑곗거리를 찾아 나섰다.

뉘 집 딸들은 과자공장으로, 가발공장으로 갔다. 영자도 순애도 식모니 양공주니 욕을 들어가며 보통명사로 바뀌었다. 징 박힌 구두를 신은 중배도 삼돌이도 발길 가볍게 뒤돌아보지 않았다. 어리버리한 반풍수만 남은 마을엔 쓸모 없는 것들이라 불리는 것만 쌓이다가 그것들이 버려진 곳엔 자리공이니 서양 민들레니 하는 것들이 성화를 부리며 뿌리를 깔았다. 고향은 그렇게 촌구석이 되었다.

부역 나오라고 징을 울려대던 이장님의 넷째 딸은 태어나면서 뿌리를 잃었다. 건넛집 잘난 딸은 과자공장에 갔다며, 중학교 다닐 때부터 구박을 받으며 서성거리다가 시간이 지나갔다. 그래도 그냥 살았다. 위기에 처하면 고함소리의 크기에 따라 문제가 해결된다고 믿었다. 귀중한 것이 무엇인지, 내 삶의 이유도 모른 채 심한 언행에 깎이어 형체가 점점 희미해졌다. 이젠 혹한 바람만이 겨우 느낄 수 있다. 흘깃거리면 언뜻 언뜻 속이 보이는 작은 손거울, 그 속에서 큰 시계추가 괘종소리를 땡땡거리는 사이 극단적이고 자극적인 끄트머리가 나에게도 화를 휘둘렀다.

더 높이 세상은 바벨탑을 쌓는다. 마치 고층건물에 쌓이는 층수처럼, 도살당한 돼지의 허연 등에 붉은 도장이 찍히듯이, 사람의 등급도 매겨진 지 오래 되었다. 강남등급도, 수능등급도 없는 잉여인간들은 친구를 괴롭히는 좀비가 되었고, 그도 못된 아이들은 시간수당에 힘겨워 쓰러진다. 물구나무서서 둔갑술을 부려보는 근본 없는 유령들, 헉헉거리며 무엇을 쫓는가? 자기 존재가 확인되면 비명을 지르고 말장난 비꼼에 낄낄거리며 S라인에 침을 흘리고 있다. 티브이 화면엔 인간들이 멱살잡이, 귀신놀이를 하고, 동영상엔 사제간의 발길질이 공중제비를 돌고, 그 속에서 도를 닦을 수 없는 이들은 취업에 목맨 줄과 일등 못한 끄나풀을 쥐고 더 높은 공중 부양을 시도한다. 공중도 비좁다. 한쪽 날개만 퍼덕이는 깃털뭉치들이 우왕좌왕 설치는 양계장이다.

뿌리를 내릴 촉수도 없이 오십 고개를 재주 넘는 사이에 마술이 생겼다. 땅에 발이 닿는 순간 공중으로 들어 올려진다. 아침 해가 솟든 말든 일어나고, 숟가락이 닿는 순간 종종거리는 마법에 걸린 것이다.

자식들에게 새벽부터 자정이 넘도록 허공을 허우적거리는 도술을 가르친다. 어기적거리거나 꾸물거리지 말고 뛰라고 채찍을 후려친다. 나는 놈 앞에 서라고 부양술도 가르친다. 여우같이 발이 땅에 안 닿게 구르기 몇 번하면 구미호가 된다고, 그러기를 으름장 놓는다. 10년으론 어림도 없다. 못해도 한 20년 닦아야 한다. 도술 중에서 공중부양이 제일이다. 뿌리가 없어도 살 수 있기 때문이다. 도술을 얻고 나면 헛기침이 자꾸 나오고, 기본이 안 된 사회라고 목줄에 핏대가 선다. 지켜야 할 그 무엇도 없어진다. 부양은 겁을 먹지 않는다.

나는 날고 있다. 날개도 없이 지팡이도 없이 허둥지둥 날고 있다. 알 수 없는 표정으로 뒤뚱거리며 공중을 뛰고 있다. 허둥거리기 도술의 경지에 도달한 것이다. 얼렁뚱땅 걷어치우는 중독을 멈출 수도 없고 잠잠한 나를 참지도 못한다. 태초를 잃어버린 손은 즉석 물건을 좋아한다. 머물 곳 없어 지구를 따라 돌고 일주일에 한 번 교회에 나가 부지런함과 게으름을 돈으로 따져가며 자기검열을 받는다. 깊은 우물의 두레박을 올려보지 못한 핏줄은 근본을 만들지 못해 난난히 뿌리박을 수 있는 시가을 참지 못하는 것이다.

흙을 판다. 언제쯤이면 저 아래 고향 텃밭의 작은 돌멩이가 천수보살로 다가와 나를 잡아줄까? 나 자신이 흙을 뭉쳐 빚은 생령의 돌임을 인식할 수 있을까? 벌써 오십 고개를 굴렀다.*

새벽 시장은 온갖 불협화음이 활기를 연주하는 오케스트라다. 이 오케스트라에서 엑스트라는 주연보다 바쁘다. 하긴 나 같은 엑스트라들이 없다면 저 익살맞은 배우들이 무슨 재미로 저렇게 춤을 추랴? 부지런히 새벽을 잡아먹는다. 새벽 맛, 시장에서 먹는 새벽 맛은 정말 끝내 준다. 이 맛을 알면 고요한 산사에서 맞는 새벽은 실로 젖비린내가 나서 못 먹는다.

김옥희

- kimoghee@naver.com
- 010-3044-0897

어떤 비상 / 밥이나 한 번 먹자

어떤 비상

넓은 홀이었다. 방들이 ㄱ자형으로 줄지어 서서 홀을 둘러싸고 있었다. '사시사철' 옥호가 맘에 든다. 버턴을 눌렀다. 문이 열렸다. 천 년에 한 번 열리는 문처럼. 안으로 들어가자마자 문은 스르르 닫혀 버렸다. 하얀 천정, 하얀 벽, 하얀 침대. 미동도 없던 하얀 눈동자들이 순간 나를 훑고 지나간다. 호기심 같기도 하고 생기 같기도 한 빛이 이내 시무룩이 가라앉았다.

배정된 침대에 앉았다. 간호사가 지켜야 할 수칙을 설명한다. 자기 할 말만 쏜살같이 하고 만다. 그들은 환자가 숙지하길 기대하지 않는 모양이다. 대충대충 이야기해도 시간이 가면 자연스럽게 알게 된다는 표정인가? 하긴 환자가 그 수칙을 다 숙지하기란 가망 없을지도 모른다.

걸어 다닐 수 있는 환자들은 새로 들어온 이가 어떤 사람인가 궁금해 하면서, 알아 듣는데 상당한 사고가 필요한 말과 행동을 한다. 아마 먼저 들어온 자의 여유로움, 경험치를 가졌다는 자부심인 것 같다. 딴엔 간호사의 어려운 말을 쉽게 해설한다는 배려인 것 같다.

침대에 누워 천정을 바라본다. 깜빡깜빡 이어졌다 끊어졌다 희미하게 켜지는 장면들, 천정 스크린에 낯익은 얼굴들이 나타났다 사라졌다 한다.

초이레 달이 걸려있는 동짓달 밤이다. 위로 넷째까지 부엌방에, 다섯째 여덟째까지 안방에 자리를 골라 눕히고 건넛방과 사립에 귀를 기울인다. 아침 일찍 나간 사람이 돌아오는 기척이 없다.

'와 이리 안 오노. 날밤을 셀라 카나. 주막거리로 나가 봐야제. 참말로 나락 판 돈을 다 날리고 말긴가.'

진주에서 퇴기 하나가 주막으로 흘러 들고부터는 동네 남정네들이 사흘이 멀다 하고 술판에 놀음판이다. 주막으로 잰걸음을 놨다. 뒤란으로 돌아간다. 손가락에 침을 발라 봉창에 구멍을 뚫고 안을 엿본다. 자욱한 담배 연기 속에서 윗동네 저 양반은 늙은 기생을 무릎에 앉혀놓고 어린아이 다루듯 살살 어루며 귀에 걸린 입이 내려오지 않는다. 지들이 무슨 타짜라도 되는 양 반개로 실눈을 뜨고 팔자모양 토끼 입에 도리 짓고 땡, 쪼우는 폼이 혼자 보기 아깝도록 가관이다.

왜 하필이면 그때 발에 돋우고 있던 돌이 미끄러졌는지, 인기척에 놀란 눈들이 날아온다. 걸음아 날 살려라, 치맛자락을 훔쳐 잡고 뛰었다. 빨리 집에 가서 자는 척해야 한다. 잡히면 서방 우사 준다고 사람을 못살게 족대길 게 뻔하다. 평소에는 멀쩡하다가도 한 번 심사가 뒤틀리면 왜 딴 사람 같아지는지, 알다가도 만정 떨어진다. 지금도 눈만 감으면 쫓아오는 것 같아서 다시 인연 될까 무섭지만 그래도 딱 한 번은 만나보고 싶네. 나를 알아보기나 할는지 말는지…….

산다는 게 만날 속고 사는 기라. 한 고비 넘으면 좀 더 나아지고 좋은 세상이 있을 거라고 재촉하면서 굽이굽이 열두 고비 넘고 돌아 이젠 여기 하얀 방에 누워있네. 언제 올지 모를 우주선을 기다리는 하얀 정거장. 천국이 저 너머에 있다는 거지. 파라다이스 피안은 언제나 저 건너에 있지. 하기사 그건 신의 선물인지도 모르지. 미래에 받을 보상을 꿈꾸며 냉혹한 현실을 견디게 만드는 모르핀 같은 희망, 아니 삶이 날 속인 게 아니라 내가 나를 속이고, 그렇게 믿고 싶었던 기라.

장터를 샅샅이 헤매고 있는 저 여자, 뒤따라오던 나에게 물어보네. 혹시 돈을 주웠냐고. 시치미 뚝 떼고 모른다고 했지. 올망졸망 아이들 눈에 아른거리면 약해지고 약아 빠지는 여인네 마음 아니던가. 눈깔사탕 하나면 마냥 좋아하는 아이들 생각에, 나도 별수 없는 애미지. 어쩌자고 그 일이 지금까지 생각나는 거냐. 생각 안 나서 좋을 일들은 왜 잊지 않고 날 좀 보소 하는지 몰라. 이자까지 돌려주고 싶지만 어디 사는 누군지, 그 여자도 이젠 이 세상 사람이 아닌 것 같네. 지금 생각하면 돈이 좋기는 좋지만 그거 별것도 아닌데. 아이들 학교 다닐 때는 신주단지 모시듯 찬장 안 못 쓰는 그릇에 차곡차곡 숨겨놓고, 살강 밑 쌀독에도 둠쳐 두고, 장날에는 뻥땅 쳐서 주머니에 꼬깃꼬깃 넣어두고. 학교 갈 때 필요한 돈 몇 푼 쥐어주면 우쭐우쭐 깨춤추며 뛰어가는 새끼들 뒷모습이 보기 좋아 덩달아 신이 났었지.

과거로 가는 시간의 모래는 천금을 줘도 살수 없는 신기루, 내가 빛의 속도보다 빠르다면 과거로 돌아갈 수도 있다고 한다. 그러나 모르는 일이다. 아무도 가본 사람이 없기에 과거로 가는 지도가 없다. 목적지를 입력하지 않아도 앞으로만 인도하는 GPS, 땅인지 바다인지 하늘 어딘지도 모르고 시간을 따라 앞으로 가야만 한다.

저 가운데 침대에 송장처럼 누워있는 저 할망구는 내가 여기 온 뒤로 일어나 움직이는 것을 한 번도 보지 못했는데 엊저녁에는 갑자기 벌떡 일어나 고함을 치며 뛰쳐나가서 사람들이 다 놀랐다. 의사 간호사 서너 명이 감당을 못하더니, 끝내 무슨 주사를 얻어맞았다. 겨우 진정이 되는가 싶었는데 흡사 죽은 것 같다. 살 만큼 살았고 할 일도 다 했는데 지금 가도 아까울 게 하나도 없으련만 무엇이 저리도 억울할까. 아니, 무엇에 씌었는지 몰라. 눈 안에 무서운 공포가 분명 들어 있었어.

지난 휴일에는 큰애 작은애 모두 팔 남매가 침상을 빙 둘러 섰는데 방안이 그득히 빛났지. 하나도 모양 빠진 데가 없는 게 다 잘났어. 아무리 생각해도 이 세상에서 내가 한 일 중에 저것들 키운 일이 제일 잘한 일이야. 암 잘한 일이고 말고.

아직도 비행기는 이륙 준비 중인가? 온몸을 불사르며 우주로 발진하는 아폴로 11호의 희열을 알고 있다. 바스라지 듯 가벼운 몸과 마음으로 비상을 기다리고 있다. 대추나무에 연 걸린 듯 날 수 없었던 가시나무새, 걸린 연줄 하나하나 잘라낸다. 꿩 떨군 매처럼 높이 날아올라 허허로이 맴돌다가 훠이훠이 떠나겠다. 설마 마중 나올 사람 하나 없을라고.
오늘은 마음이 이리 편안하네. 내가 다다를 역에는 저 참꽃보다 더 환한 꽃이 피어 있겠지.*

밥이나 한 번 먹자

물도 한 방울 넘길 수 없었던 그 남자의 마지막 소원은 석 달만 더 살게 해달라는 것도 아니었고 그리운 사람의 얼굴도 아닌, 단지 된장국에 밥 한 그릇이었다.

희뿌연 새벽안개 사이로 스멀스멀 시장이 선다. 큐 사인을 받은 배우처럼 각자 자기 역할에 열심이다.

눈을 떴다 감았다 하는 은갈치요. 내 산딸기는 둘이 먹다 하나 죽어도 몰라. 초벌 정구지는 사위도 안 주는 기라. 요리 잘 생긴 고추는 없어. 시장 바닥에서 내 고추가 제일이라. 아이고 죽은 고기가 사람 잡네. 대야에 담긴 문어는 눈을 뗴굴거리다 사가려는 아줌마에게 먹총을 쏴고 도망을 간다. 무엇을 받을 요량인지 "회개하라 회개하라 하늘나라가 가까웠다." 오늘도 외치며 지나간다. 저 건너 리어카에선 "사랑해요 날 두고 가지 마셔요" 여가수의 노래가 애절하다. 춤을 추다 멈춘 디스코 도너츠, 군침을 삼킨다. 님도 보고 뽕도 따고 누이 좋고 매부 좋고 싸게 싸게 사 가이소. 하회

탈을 성형한 촌 할머니의 웃음 뒤로 여명이 튼다.

없는 것 빼고 다 있는 새벽 시장은 온갖 불협화음이 활기를 연주하는 오케스트라다. 이 오케스트라에서 엑스트라는 주연보다 바쁘다. 하긴 나 같은 엑스트라들이 없다면 저 익살맞은 배우들이 무슨 재미로 저렇게 춤을 추랴? 아니지, 진짜는 내가 춤추는 주연 배우이고 저들은 악기를 하나씩 거머쥐고 앉아서 깽깽이를 두드리며 추임새를 넣는 엑스트라들이지, 그런 생각을 하면서 부지런히 새벽을 잡아먹는다. 새벽 맛, 시장에서 먹는 새벽 맛은 정말 끝내 준다. 이 맛을 알면 고요한 산사에서 맞는 새벽은 실로 젖비린내가 나서 못 먹는다.

머리 수건과 앞치마 끈을 매고 활인검을 잡으면 나는 천하무적이다. 칼, 불, 접시, 책, 주방사우랑 한바탕 춤을 춘다. 특별한 재료가 아니면 더 이상의 레시피는 필요 없다. 저장된 언어에 귀기울이면 되는 것이다. 입에서 입으로 전해 오는 비법에 상상과 정을 더하여 내 마음대로 제각각 시, 서, 화, 무, 맛을 올린다. 지쳐 있는 이에게는 신맛과 단맛이 어우러진 소고기버섯탕수, 딴 생각에 젖어 있는 이는 땡초를 듬뿍 넣은 매운탕, 상처 입은 그대를 위해 달콤하고 오도독한 무화과 대추조림, 까마득한 하늘같이 콧대 높은 당신께는 쓴 씀바귀나물, 생각만 해도 미소가 번진다. 뻣뻣한 북어란 녀석, 찬물 한 바가지 확 끼얹어서는 성대로 하면 탕탕 패주고 싶지만, 그래도 인정이 인정인지라 살살 두드려 갖은 양념을 알아 듣거서 부드러운 다른 맛으로 탄생시킨다.

살아계실 때 아버지는 끼니 때만 되면 찾아오는 거지들을 내치지 않았다. 마당에 덕석을 깔게 하여 밥을 먹게 하였다. 밥이 모자라면 당신 밥을 덜어 주기도 했다. 거지들은 굽실거리며 밥을 먹다가 돌을 씹어도 뱉어내지 않았다. 그들은 비록 얻어먹을망정 염치는 있어서 아침저녁 들어오지는 않았다. 얼마간 거리를 두고 열흘이나 스무 날쯤에나 한 번씩 올까? 그

래서 은근히 기다려지는지 아버지는 올 때에 안 오면 은근히 안부 걱정했
다. 식당 문을 벌컥 열고 들어선다. 눈이 마주친 남자는 오늘도 씨익 웃는
다. 아주 친한 친구처럼.

"천원 되나?"

"천원 안 돼요. 밥이나 먹고 가소."

"안 되면 말고."

지리산 도사인지 땡중인지, 댓닢물 든 옷자락이 휭하니 나가 버린다. 웃
음이 나온다. 천 원 한 장이 밥 한 끼 먹는 것보다는 밥 파는 밥집에 폐를 덜
끼친다는, 나름대로 자존심을 세우는 것일까? 다짜고짜 들어와서 목탁을
치는 눈치 없는 스님이란 사람들보다야 훨씬 멋 있다.

밥쟁이를 하노라니 '우리 언제 밥 한 번 먹자' 하는 사람이 없다. 얼굴 한
번 보자는 사람도 죄다 내 집으로 밥을 먹으러 오는 것이다. 그렇게 세월
이 가는 동안에 나는 나도 모르는 버릇이 저절로 생겼다. 먹는 사람이 접
시를 비우면 흐뭇하고 음식을 남기면 왜 남겼을까 생각하게 된다. 먹는 데
도 그날 기분과 궁합이 맞지 않으면 입맛이 신나지 않아서 젓가락질 장단
이 춤을 추지 않는 것일까?

시골집에 큰 장독을 들였다. 아마 장 열 말은 너끈히 들어갈 것이다. 허
리가 풍성한 독은 그 무엇이라도 품에 안아 삭힐 것같이 너른 품을 벌리고
섰다.

외롭고 지친 이, 나를 찾아오면 오래 묵혀 두었던 된장 항아리가 열릴
것이다. 그 옛날 화로에 얹혀져 있던 토장 맛 나는 된장국 한 그릇에 얼었
던 마음이 녹고 위안이 되어 다시 시작할 힘을 얻는다면 더 없이 기쁠 것
이다. 싹을 틔우는 대지와도 같이.

우리 언제 밥 한 번 먹자.*

날이 풀리면서 평상에 할머니들이 모이곤 했다. 어버이날은 어제였는데, 할머니들의 가슴에는 아직도 카네이션이 달려있다. 시골에 계신 엄마도 저러고 있으려니 싶었다. 자식이 다녀갔다는 것만으로도 저 할머니들은 일찍 공터로 나올 재미가 있는지 모른다.

김정화

- wjdghktnvlf@naver.com
- 010-9114-6084

건널목/청바지/은행나무가 있는 풍경

건널목

근을 한다. 건너가야 하는 건널목 참에 또 그 화물차가 서 있다. 아침마다 그 자리에 서있는 그 차는 마치 나를 기다리기나 하는 것 같다. 제대로 걷지 못하는 아들을 휠체어에 태우고 와서는 늘 그곳에서 장애인시설로 가는 차를 기다리는 것이다. 아홉 달 동안이나 하루도 빠짐없이 아침마다 마주치는, 어쩌면 그도 인연이 있어 그러는지도 모르겠다.

그동안 자전거로 이 길을 수없이 다녔었다. 그렇게 일 년을 다녔는데 문득 길가 꽃들이 나를 보고 있었다. 은은한 연보라가 일품인 패랭이꽃이 지나가고, 잡초처럼 무성하게 자라 모진 바람에도 하늘을 향한 채 곧게 서서 노랗게 빛나는 개망초꽃, 가냘픈 허리를 흔들흔들 하면서도 쉽게 꺾이지 않는 코스모스, 웃어주는 미소가 곱다.

뜨거운 태양과 여름의 물기가 주는 강렬한 빛과 충분한 수분은 꽃들로 하여금 천진무구함을 갖게 한다. 가을꽃들이 뇌쇄적으로 색정적인 것은 아마 태어나서 죽음에 임하는 시간이 짧기 때문일 것이다. 몽우리를 맺고,

꽃잎을 벌리고, 시들어 떨어지는 시간이 기껏 하여야 며칠인데, 시간을 헛되이 보내지 않기 위하여 꽃들은 스스로 화려하고 아름답게 치장하는 것이리라.

사람이 하는 일에도 사계가 있다. 처음 일을 시작할 때가 봄이요. 배우고 익히는 과정이 여름이요. 결과를 받아들이는 것이 가을이다. 떠날 때가 겨울인 것이다. 나는 지금 화려한 여름을 지나 겨울의 문턱으로 향하는 계절에 있다. 그새 9개월이 가버렸다. 시간이 왜 이리도 짧은 것인지 모르겠다.

떠나고 싶을 때 떠날 수 있으면 얼마나 좋을까. 작년 이곳에서 일을 시작할 때는 봄날 같은 기분이었다. 그땐 자신의 의지로는 어쩌지도 못하는 겨울맞이를 한 그분의 하소연을 그냥 웃음으로 넘겼었다. 이제 내가 그 자리에 섰다. 그때 그 분의 심정이 지금의 내 마음과 같았을 것이다. 무엇이든 그와 같은 입장이 되고서야 그 심정을 알 수 있다니, 마음이란 참으로 용렬스럽다.

출근길은 언제나 즐거웠다. 자전거로 바람을 달렸다. 풍경도 따라 왔다. 푸르른 여름은 어딜 봐도 싱그러웠다. 녹음에 빛이 더러 가려져도 예쁜 꽃들은 여기저기서 제 색을 뽐냈다. 그러나 여름은 가고 있었다.

지난 봄 사무실 옆 건조실 뒤쪽에 남새밭을 만들어 상추를 심었다. 방울토마토와 고추 몇 그루를 심고 오이도 심었다. 여름 내내 그것들은 점심식탁을 풍성하게 해 주었다. 이젠 그들과도 헤어져야 한다. 같이 어울려 일하던 사람들과도. 아침마다 인사 없이 만나 마음으로 목례하며 바라보았던 '건널목의 해후' 도 더는 지속할 수 없게 되었다.

화물차 옆에 서 있는 그들을 볼 때마다 나는 늘 안도하는 기분이었다. 허름한 농기계가 실려 있고, 바퀴는 어제의 흙투성이로 남아있는 화물차와 그 옆에 휠체어를 탄 아들과 함께 서서 웃음을 나누는 다정한 아침햇살이 너무도 싱그러웠다. 그 아버지의 품이 내 그리움 같아서 나는 괜히 흘금거렸다.

농사일하러 가고 없을 시간에 아들이 혼자 지낼 것을 걱정하여 넉넉하지 못한 살림에도 장애인시설로 아들을 보내는, 아들을 위하는 아버지의 마음은 언제나 봄일 것이다. 그리고 그 마음은 희망의 싹을 틔우는 간절한 기도일 것이다. 하루하루가 사랑일 것이다.

아직도 난 그들과 인사를 나누지 못했다. 늘 내가 가야 할 길을 앞만 보고 달렸으니까. 바람이 서늘히 지나가는 듯하다.

오늘 아침을 끝으로 그들도 나를 보지 못할 것이다. 매일 만나다 안 보이면 문득 생각나면서 걱정이 되고, 그들도 그럴 것이다. 이 시간이면 자전거가 지나야 할 텐데 하면서. 진작에 인사라도 할 걸 그랬다 싶은 것이……

돌아오는 길, 아직도 싱싱해 보이는 꽃잎들이 힘없이 발밑에 떨어진다. 물비늘처럼.*

청바지

벌써 열흘째 비가 오고 있다. 장판도 눅눅하다. 이마에 흐르는 땀을 닦는다. 수건도 금방 젖는다. 짧은 줄에 걸려 있는 빨래는 축 늘어진 채 마를 줄 모른다. 보일러를 틀어서라도 축축한 집 안을 뽀송뽀송하게 말리고 싶지만 더위 앞에서는 맥을 못 추는 내 체질에 그건 가당치도 않다. 그것도 한여름이 아닌가. 가만히 앉아 있어도 땀이 줄줄 흐른다.

중학생 때 나는 키가 껑충하게 커졌다. 지금의 내 키는 그때 다 큰 것이다. 그 시절 나는 황새다리니, 꺽다리니 하는 별명이 붙어 다녔다. 나는 키가 작아 보이게 하려고 허리를 꾸부정하게 구부리고 다녔다. 키가 커서 창피스러웠던 것이다. 그 뿐이 아니었다. 키가 자꾸 크다 보니 바지란 바지는 모두 칠부바지가 되어버렸다. 애들이 나를 몽땅바지라 놀려댔다. 나는 늘 심각했다. 그래도 번번이 새 바지를 입을 수도 없었다. 해지지 않는 한 새 옷을 얻어 입기란 생각도 못하는 시절이었다.

큰 이모에게는 나보다 세 살 위인 딸이 있었다. 나는 그 언니의 옷을 물려받아 입었었다. 언니는 나보다 많은 나이 세 살을 어디다 먹었는지, 바짓단을 따 내려야만 했다. 실밥 자국이 허옇도록 다 내렸지만, 그래도 발목 짬에 한 뼘이나 모자랐다. 단을 따 내리고, 그러면 물이 난 바지 아랫단에 진한 줄무늬가 그려졌다. 그렇게 나만의 유행을 만들면서 입고 다녔다.

나라가 가난할 때 대부분 그랬듯이, 시골 살림인 우리 집은 넉넉하지 못했다. 틈을 내서 어머니는 이웃집의 고추농사를 도와주었다. 하루 종일 하우스에서 일하는 엄마의 얼굴은 늘 빨갛게 달아 있었다. 어린 소견에도 그런 어머니에게 옷 타령을 해서는 안 된다는 생각이었다.

여름의 끝자락에 다다랐을 때 서울에 사는 막내이모가 오셨다. 이모는 우리 사 남매의 옷을 하나씩 사오셨다. 내 것으로는 청바지를 사왔다. 나는 정말 기분이 좋았다. 얼마 만에 받아 보는 새 옷인가. 어쩜 내 마음을 그리도 잘 아는지. 검불그레한 색에 아무 그림도 없었지만 그냥 기다란 길이가 좋았다. 그날 밤 나는 청바지를 안고 잤다. 자고 있는데 누가 내 옷을 가져가고 있었다. 잠결에도 벌떡 일어났었다. 꿈이었다. 다행히 옷이 그대로 가슴에 안겨 있었다. 그날 밤은 자다 깨다 그렇게 보냈다.

그 바지를 입으면 발등이 덮혔다. 양말과 바짓단 사이로 햇볕에 그을린 맨살이 보이지 않았다. 엉덩이에 바지를 걸치고 움직일 때마다 바지의 길이를 자꾸만 끌어당기면서 걸어 다니지 않아도 됐다. 가을이 가고, 겨울이 가고 그 청바지만 내내 입었었다.

그러던 어느 날 일이 생겼다. 한쪽에 잘 놓아둔 청바지에다 동생이 물감을 떨어뜨려 엉망이 되있다. 나는 엉엉 울었다 엄마는 빨아서 말려 놓을 테니 걱정하지 말라고 했지만. 그날 밤이 어떻게 지나갔는지 모른다.

뒷날 아침에는 약간 축축한 청바지를 그냥 입고 학교에 갔다. 그런 날은 쉬는 시간에도 의자에서 일어나지 못했다. 일어나면 의자가 젖어있기 때문이다. 짓궂은 남자아이들은 나를 툭툭 치면서 장난을 걸었다. 그래도 나는 움직이지 않았다. 내 몸에서 나온 열기가 나무의자와 바지를 말리고 나서야 움직일 수가 있었다. 반나절을 잘 참고 나면 겨우 뽀송해졌다. 그러나 그 축축한 바지는 솔기를 눕히지 못해서 걸어 다니노라면 살을 갉아 따가웠다. 그게 딱지가 앉으려면 그렇게나 가려웠다. 긁으면 피가 삐죽거리고 쉬 낫지 않았다.

그 청바지는 세탁을 하면 하루 종일 말려도 겨울 해는 짧았다. 어머니는 청바지의 가랑이에 수건을 넣고 밟아 주었다. 물기를 조금이나마 줄이려고 요 밑에 묻어 밤새도록 깔고 자면 요가 꿉꿉해졌다. 그래도 옷은 다 마르지 않았다. 등굣길에 입고 나가면 쌩— 하는 찬바람에 바지가 뻣뻣해지는 느낌이었다. 나는 손바닥으로 바짓가랑이를 비벼가며 물기가 얼른 날아가기를 바랐다. 그러나 이모가 사준 바지 덕분에 중학교 시절에 몽당 바지란 별명이 떨어져 나갔다.

며칠째 비가 내리고 있다. 베란다 빨랫줄에 널린 빨래가 마를 생각을 않는다. 아이들의 청바지는 마르는 일에 한정 없이 게으르다. 이러다간 아이들에게 축축한 옷을 입혀야 할 것 같았다. 엄마가 세탁한 옷도 말려 입히지 못한대서야 말이 아니지 싶었다. 우선 아이들 옷부터 주섬주섬 걷어왔다. 다림판을 놓고 전기다리미로 옷을 다렸다. 다린다기보다 말리는 게 목적이었다. 청바지는 오래 다려야 할 것이었다. 다림판에 큰 아이의 청바지를 펼쳤다. 보기에 영 짧아 보였다. 그때야 생각났다. 키가 껑충 커서, 바짓단 아래 설렁해 보이던 아이의 발목이. 요즘은 팔부니 구부니 하는 길이가 유행하기도 하는 세상이긴 하지만 계집애도 아닌 머슴애가 불평 없이 입고 다니다니, 나는 나도 모르게 쯧쯧 혀를 찼다. 그래도 아직 멀쩡한데 새 것을 사고 버리기는 아무래도 마음에 내키지 않았다. 바짓단을 따 내렸다. 아랫단에 파—란 줄이 생겼다. 단색을 좋아하는 아이가 뭐라 할지 걱정이 되었다.

"수필아, 바지가 짧아진 것 같아 단을 내렸더니, 이봐 줄무늬가 생겼다. 괜찮겠어?"

저녁 뒤에 슬그머니 바지를 내왔다. 아이는 별일이라는 듯 웃었다.

"안 되겠지? 애들이 놀리겠지?"

나는 사뭇 머뭇거렸다. 사춘기 아이다. 셈이 찼으면 뭔 걱정이랴 싶었다.

"엄마, 패션 몰라요? 세상에 하나뿐인 패션, 이거 입고 나가면, 널 우리 교실에서 내가 패션스타 되겠다."

아이가 크게 웃으며 옷을 들고 제 방으로 들어간다. 나는 아이의 유쾌한 뒷모습을 보면서 남편을 돌아보았다. 남편이 씨익 웃었다. 바깥에서는 작달비가 쏟아지고 있었다. 이제 지루한 장마가 싹 도망가려나 보다.*

은행나무가 있는 풍경

납작한 단층집 곁방에 살다가 5층짜리 아파트 4층으로 이사 와서는, 나도 모르게 내려다보는 버릇이 생겼다. 주부의 전용 칸인 부엌에서 창을 열면 시야가 트이는 환경의 변화 때문인 것 같다.

8평, 커야 15평, 평수가 작은 탓에 아파트에는 대체로 젊은 부부나 독신자, 아니면 노인들이 산다. 날마다 반복되는 분위기지만, 아침 사람들이 바쁘게 움직이고 나면, 낮에는 빈 듯이 조용해진다. 오고 가고 해도 노인들의 움직임은 소리가 없다. 다시 바빠지는 시각은 어디론가 사라졌던 젊은이들이 돌아오는 저녁때다.

남편과 아들 셋을 건사해야 하는 나는 종일 바쁘면서도 한정된 공간 안에서 불만 없이 일상을 소요하는 금붕어와 같았다. 그런 나에게 부엌의 작은 창과 베란다는 세상구경을 하게 하는 스크린인 셈이었다. 베란다에서는 더 넓은 마당이 보였다. 소방도로를 끼고 있는 울타리에는 마른 장미꽃이 가끔 붙어 있었다. 시영 아파트답게 칠이 낡은 건물의 겨울은 더 우중

충했다. 관리사무실 옆 공터는 잔디가 있었다는 흔적이 있을 뿐 흙바닥이다. 거기 제법 큰 은행나무가 한 그루 서 있었다. 그게 이 아파트단지에서는 유일하게 생기 있는 공간이었다. 은행나무는 물이 올라 금방이라도 잎이 봄나비처럼 날개를 펴서 파드닥거리며 하늘을 향해 날아오를 것 같았다. 그 아래 누가 갖다 놨는지 납작한 평상이 놓여있었다.

날이 풀리면서 평상에 할머니들이 모이곤 했다. 어버이날은 어제였는데, 할머니들의 가슴에는 아직도 카네이션이 달려 있다. 시골에 계신 엄마도 저러고 있으려니 싶었다. 자식이 다녀갔다는 것만으로도 저 할머니들은 일찍 공터로 나올 재미가 있는지 모른다. 막걸리 병이 보인다. 김이 모락모락 나는 듯한 두부와 김치가 놓여 있다. 그 풍경은 벽에 걸린 사진처럼 오전 내내 걸려 있었던 듯하다.

노란색 복지관 차가 오고, 다리를 저는 젊은이가 나와 휠체어를 탔다. 머리가 오른쪽으로 제법 기울어져 있었다. 휠체어가 은행나무 쪽으로 간다. 키 작은 할머니가 나가지도 않는 잰 걸음으로 마중을 간다. 휠체어에 앉은 젊은이가 마중 온 할머니의 가슴에 꽃을 달아준다. 휠체어를 밀면서 키 작은 할머니는 평상에 앉은 할머니들에게 손을 흔든다. 카네이션이 바람에 날리는 것 같다. 그 향기가 내 코밑까지 짠하게 흘러왔다. 다른 할머니들이 빨리 오라고 손짓을 한다.

비가 질금거리는 장마가 한 달이나 여름을 괴롭혔다. 나무는 몹시 심심할 것 같았다. 평상에 나와 그늘을 즐기는 할머니들이 없었다. 어쩌다 보면 비가 드는 짬에 한둘 앉아 있긴 했지만 마냥 나무도 평상도 비에 젖어 있었다.

그날은 키 작은 할머니가 노란 비옷을 입고 나무 아래 혼자 앉아 있었다. 점심때가 되었는데도 먼 바라기에 시간을 보내는 것 같았다. 비가 그친 듯해서 나는 베란다 창문을 열었다. 눈은 저절로 은행나무로 날아갔다.

차가 오고, 휠체어의 젊은이가 오고, 할머니는 그와 함께 검은 구름을 쳐 다보며 도시락을 먹었다. 비도 외출이 길었다. 나는 그 생소한 그림을 의 아한 심정으로 보고 있었다. 노란 차가 온 걸로 봐서는 복지관에서 음식을 마련해 온 듯했다. 그래도 그렇지, 물 젖은 평상에서 식사를 한다는 게, 하 다못해 관리사무소에라도 자리를 내드려야 하지 않나 싶었다. 그렇게 짧 은 시간 점심만 먹고 헤어지는데도 그들의 모습은 행복해 보였다.

그것이 키 작은 할머니의 생신 상이라는 말을 들었다. 복지관에 수용되 어 있는 아들이 잊지 않고, 해마다 어머니의 생신을 챙겨 드린다는 것이었 다. 할머니도 그날 하루만은 아무도 만나지 않는다. 오직 그 순간을 위해 서 마당에 나와 아들을 기다린다는 것이었다.

"집이 있다면서, 집에서 기다리지 않구?"

"하반신이 불편한 남자잖아, 3층 계단을 누가 업어 올리겠어. 게다가 지 적 장애인이라는데."

장마가 가고, 할머니들은 은행나무 밑에 모여 씨마늘도 까고 화투놀이 도 하곤 했다. 막걸리 병이 가끔 보였고 흥겨운 노랫가락 소리도 흘러 나 왔다. 은행잎이 노릇해지는 것 같았다. 그 무렵, 키 작은 할머니가 보이지 않았다. 내가 내다 볼 때마다 거기 할머니가 있어야 할 이유가 없었으므로 그저 그러려니 했다.

노란 은행잎이 하나둘 떨어질 때도 키 작은 할머니는 보이지 않았다. 휠 체어 젊은이도 나타나지 않았다. 나는 궁금했지만 남의 사생활을 함부로 아무에게나 물어보기란, 해서는 안 되는 일이었다.

어둠이 내렸다. 나는 무단히 공터로 내려갔다. 마치 키 작은 할머니와 그 휠체어 젊은이의 안부나 물을 듯이. 은행나무만 무심히 서 있었다. 떨 어진 은행잎을 하나 주워 들고 평상에 앉아서 우리 집 베란다를 바라보았 다. 쓸쓸한 모습의 내가 보였다. 그때 공터 저쪽 끄트머리 아파트 건물 입구로 병원차가 들어갔다. 키 작은 할머니가 차에서 내려 부축을 받으며 건물 안으로 들어가는 게 보였다. 그 동안 병원에 있다가 퇴원을 하는 모양이었다. 안심이 되었다.

그 뒤로, 평상에 할머니들은 모여들지 않았다. 오기 싫은 애인처럼 창밖에 흰 눈이 흩날렸다. 나무 밑은 점점 쓸쓸해졌다. 벗은 나무가 빈 평상 곁을 지키고 있는 광경만 부동이었다. 오다가다 쉬는 할머니도 안 보였다. 객지의 아파트 생활이라는 것이, 문을 닫고 감옥 안에 들어앉은 벌레 같아서 제 설움 탓인지도 모른다 싶었다. 나의 나무 바라기도 시름해져서, 키 작은 할머니도 가끔 생각났다. 막연하게 봄이 오면, 하는 그런 심정이었다.

어제는 조용한 일요일이었다. 게으른 열 시가 남편을 깨우고 있었다. 생명을 뒤흔드는 소리 '삐뽀 삐뽀 이―잉' 사이렌 소리가 아파트를 흔들었다. 나는 설거지를 하다가 세제 묻은 고무장갑을 벗지도 못하고 베란다로 달려갔다. 아파트 마당에는 벌써 아이들이 몇 나와 있고, 건물에 반쯤 가려진 붉은 차의 꽁무니가 보였다. 어른들도 몇몇이 웅성웅성 나와 섰다. 하얀 천에 덮인 들것이 들려왔다. 나는 부리나케 내려갔다. 그새 사람들이 꽤나 모였다.

"자원봉사 오는 아주머니가 발견했다는데……."

"글쎄, 사흘쯤 됐다는구먼."

저만치서 노파들 댓이 눈물을 찍어내고 있었다.

"망자에게는 미안한 말이지만, 잘됐다. 뇌성마비 앓는 아들보다 먼저 갔으니, 그것도 할매 복이다."

"몸도 안 성한데 아들은 우짜노? 그래도 어머니가 있어서 서로 의지가 됐을 텐데……."

며칠 전에도 봤는데 싶었다. 눈이 폴폴 지나갔다. 베란다로 나갔다. 물에 잠긴 그림자처럼 쓸쓸히 서 있는 나무를 무심히 바라보았다. 뜻밖에도, 구부정한 허리를 숙이고 키 작은 할머니가 평상에 나와 앉아 있었다. 목에 두른 낡은 목도리가 그나마 따뜻해 보였다. 백발 머리카락에 눈이 내려앉고 있었다. 백발이 더 하얘지는 듯했다. 그리고는 눈발에 아슴해져 버렸다. 내가 환영을 본 것일까? 차가 떠났다. 아무 흔적도 남지 않았다.

　하마 봄이 오려는가? 볕살이 창을 두드린다. 빨래를 널면서 습관된 대로 눈은 은행나무를 찾아간다. 나무는 마냥 무엇을 기다리는 것 같다. 나는 나도 모르게 나무를 또 바라본다. 기도나 하는 듯이.*

산을 오른다. 하늘은 침묵의 공간에서 멎은 듯이 시간을 공유하고 있다.
아마 지난 봄과 여름의 시간들이 아직도 가을하늘에는 있는 것이다.
그렇기에 하늘은 기척이 없다.
사람들이 저마다 다른 말을 하고 있을 뿐이다.

남 희

• nh3380@hanmail.net
• 010-3338-3928

가을비 / 글떡

가을비

가을걷이가 끝났다. 바빴던 지난 여름이 넉넉한 마음으로 풍성한 결실을 가져다 주었다. 신은 한 번도 거저 주는 법이 없지만 봄 여름 가을을 아낌없이, 필요한 만큼 내려준다.

시원한 바람이 분다. 바람은 하늘에서 산으로 내려와 숲을 마중한다. 그들은 오랜만에 만난 연인인가 보다. 얼마나 쓰다듬었는지 잎잎이 바람물에 들었다. 잎이 보내는 사랑의 편지, 붉고 노랗고 애처롭고……. 사랑의 색깔은 저마다 다르다.

이름을 알 수 없는 키 큰 나무의 가지들 사이로 시월의 노란 열매가 보인다. 잎이 이불처럼 열매를 덮고 있다. 어린 동생들 같은 작은 열매를 누나 같은 잎이 덮고 있다. 땅에 우수수 내려와 노란 꽃밭이 된 은행잎도 푹신한 이불 같아서 그 위에 벌러덩 뒹굴고 싶다.

산을 오른다. 하늘은 침묵의 공간에서 멎은 듯이 시간을 공유하고 있다. 아마 지난 봄과 여름의 시간들이 아직도 가을하늘에는 있는 것이다. 그렇기에 하늘은 기척이 없다. 사람들이 저마다 다른 말을 하고 있을 뿐이다.

산 위에는 풍덩 빠지고 싶은 청아한 색의 용소, 한없이 깊어 보이는 하늘이 가이 없다. 산 정상에 다가오는 하늘은 금방 쏟아져 내릴 듯한 비취색이다. 나는 비취색에 물이 들어 버린다. 그 안에 산 그림자 비치고, 허전한 세상사 매운 서러움이 묻힌다. 아린 고독감으로, 가을 하늘은 허투루 살아가는 어리석은 심성에 예쁘게 살으라고 문을 열어 주려는가.

처음 연분홍 모자를 벗어놓고, 노란 속내를 보이면서 각자의 모습대로 활짝 일어나 빛나는 우주를 받으며 여름 내내 반짝였었다. 성숙한 초록으로 서로 사랑하며 외치던 세상이었다. 어느덧 여름은 가고, 지금까지 살아온 삶을 아쉬워하며 마음을 다스리려고 가을산도 노을에 잠기는 모양이다.

비가 온다. 가을도 외롬을 많이 탄다. 그래서 가을비는 좀 슬프게 온다. 단풍잎이 비를 맞는다. 마음이 촉촉해지면서 순결해진다. 야속하게도 이들에게 하늘은 이별을 재촉하는가. 햇볕과 구름과 바람들과 꽃에게서 충분히 위로를 받았음을 상기하며 색이 고와진 잎은 넉넉한 마음으로 삶을 내려놓으려 한다. 비가 내려도 서두르지 않는다.

이제 잡은 손을 놓아야 하는 이들. 붉게 물들어 가을비 촉촉히 내리는 날 약속이나 한 듯이 투욱 툭 아픔을 이기지 못해 떨어지는 잎들, 땅에 누워서도 연인의 예쁜 마음 조용히 빗소리로 엿듣는다. 흐르는 눈물에 비친 단풍잎, 화려한 바람이어도 외로운 구름이어도 모두 아름다운 님이어라.

언젠가 나도 푸르던 잎 붉은 노을 다 버리고 바람 따라가다 낙엽이 되리라. 가을비 맞으며.*

글떡

아롱아롱 아지랑이 피는 봄. 봄이 발 아래로 오는 듯하다. 하품에 숨어서 눈에 잘 띄지 않는다. 봄도 숙제를 이고 뒤꿈치를 들고 조심스럽게 남의 방 문턱을 넘는 것 같다.

낯선 세계를 만남은 남의 방에 들어가듯이 심장을 손으로 어르게 된다. 이리저리 눈을 가늠하며 설레는 벅참이 밀려온다. 썰물 진 갯벌처럼 자신이 몹시도 까슬하게 느껴진다. 휑하니 펼쳐져 황량하기 이를 데 없는 곳, 바윗돌 틈에 아직도 한 줌 모닥불 꺼지지 않고 있음에, 봄바람이 방황을 불러온다.

고향 부모님의 냄새가 그리워서일까. 시집와서도 뵙지 못한 시조부께서는 늦가을 시제에 다녀오실 때마다 잊지 않고 목에 두르고 간 당목수건에 떡을 싸가지고 오셨단다. 떡도 귀하던 시절이라 손주녀석들 입을 즐겁게 하시려고 한 개라도 더 챙겼을 시조부님을 생각해 보면, 수건에 싸인 것은 떡이 아니라 할아버지의 애잔한 마음이었지 싶다. 그럴 때 미소짓는 발걸음도 가벼웠으리라. 집에 와서 마루에 당목수건 내려놓고 헛기침하며 사립을 나가시면, 손자들은 인사도 잊은 채 누가 먼저랄 것도 없이 우물거리기에 바빴던, 꿀맛 같은 떡이었단다. 큰어머니께서 그 떡 이야기를 하실 때는 늘 잔잔한 미소를 지었다. 요즘은 떡도 그냥 떡이 아니다. 보기 좋은 떡이 먹기도 좋다고, 꽃떡이다.

떡 빚는 집의 문턱을 넘기란 쉽지 않았다. '남 따라 저 산 너머 행복을 찾아가는' 사람처럼 따라 나서긴 했지만 아무것도 눈에 보이지 않았다. 꽃샘바람처럼 설레었다. 첫날의 낯선 풍경이, 된서리 천둥번개 치는 들판 같았다.

정말 생소했다. 그러니까 글로 빚는 떡이라고 해야 하나? 열심히 남이 빚는 과정이나, 빚어낸 절편이나 인절미를 보면서 그 묘미를 만드는 세계로 천천히 걸어가야 한다는데, 내 정수리는 휑하니 서늘하다. 어제는 희망이 보인다 싶다가도 오늘은 또 캄캄이다.

어디 있는가? 머리 속에 주름져 있는 내 삶이라는 것이 하도 깊숙이 파묻혀 있어서 어둠을 헤적여 본다. 실바람처럼 아련하게 어리는 단어들이 어쩜 유순하게 이어지게 할까. 덜컥 덜컥 걸리는 거 없이, 햇바라기 마음 속에 아름답고 고운 글로 맛있는 떡이 되어 고물거리는 꿀떡 같은 글떡 하나 만들어 먹을 수 있었으면 하는, 마음만 꿀떡 같다. 봄은 왔는데, 이를 어째?

떡 싼 당목수건 마루에 내려놓는 시조부님을 상상한다.

물 흐르듯 가지런히 파도 치는 보리밭에 참빗질하며 쓰다듬고 어루만지는 봄바람의 노래는 곱기도 히다.*

봉오리가 피어서 꽃이 될 것이고 꽃은 떨어져서 씨앗이 될 것이다.
순을 뽑아 올리면서 부지런히 꽃을 피워 화사한 웃음을 선사하고
여문 씨앗은 한낮 햇볕을 만나 환호성을 지르며 사방으로 흩어져 갈 것이다.
그러려고 봉숭아는 연한 생명을 지켜 혼신의 힘을 쏟아 꽃을 터뜨릴 것이다.
괴로워하지 않고 왼 종일 웃으면서.

도혜숙

- dhs3415@hanmail.net
- 010-8262-3415

- 수필가
- 『한국수필』로 등단
- 수필집《자투리에 문패달기》(2인)

지돌이 / 봉숭아 꽃물 / 벙거지 모자

지돌이

남편과 말씨름을 했다. 콩입네 팥입네, 자반뒤지기를 하다가 남편이 암말 않고 있어 부아가 돋았다. 덧걸이를 할 요량으로 잼처 다가갔지만 남편은 딴전이다. 맞배지기도 못해 보고 씨름은 떨떠름하게 끝나 버렸다. 그 이후, 꼭 필요한 말만 건네고 묻는 말대답에도 일쑤 꼬리를 흐렸다.

남편 옛 동료 가족들과 등산이 약속된 날이다. 약을 올리듯 쾌청한 날씨다. 차라리 비라도 왔으면 했는데, 이 일을 어찌해야 하나….

등산화를 손질하고 배낭을 챙기고, 남편은 등산준비에 부산하다.

모산재를 오르기 시작 할 때는 여유를 부리며 갔다. 정상 가까이에는 수직 같은 사다리기 버티고 있다. 성큼성큼 올라가는 남편의 뒤를 내 눈만 따라 가고 있다. 한 참 만에야 돌아보더니 그는 갔던 길을 되짚어 내려왔다.

산마루에는 엉버틈한 바위 둘이 앉아 있다. 쉬어갈 맘에 주저앉았다. 남편도 약간 떨어져 앉았다. 우리는 입도 없는 사람처럼 먼산바라기로 쉬었다. 남편이 일어섰다. 어서 가자는 신호일 것이다. 멀리서 볼 때는 다정스레 붙어 있는 것 같던 바위 사이에는 내가 건너지 못할 틈이 있었다. 저쪽 바위로 건너가야 산을 내려갈 수 있다. 남편은 선뜻 건너뛰는데 나도 그러다가는 바위틈에 빠져 버릴 것 같았다. 두리번거리는 내 꼴을 보고 있던 그가 씩 웃으며 손을 내밀었다. 할 수 없다는 듯 남편이 내민 손을 붙잡고 그 껄끄러운 틈을 건넜다.

산은 오를 때만 힘 드는 게 아니다. 내려가는 일도 쉽잖다. 내려갈 때는 밧줄을 타야 했다. 남편은 어디어디에 발 놓을 자리를 짚어 주고는 밧줄을 타고 먼저 내려갔다. 올려다보고 있는 눈에는 초조가 가득했다. 대강 가늠을 하고는 밧줄을 붙잡고 아슬히 내린다. 삐끗하면서 발 놓을 자리를 놓쳤다. 얼결에 잡고 있던 줄마저 놓아버렸다. 손 쓸 틈도 없이 미끄럼을 탔다. 중간에 버텨 선 남편 덕에 낭떠러지 행은 겨우 면했다.

"안 다쳤나?"

"괜찮은데요…."

나는 멋쩍게 웃었다. 무릎이 쓰릿한 것이 심상찮다. 승산 없는 전투에서 참패한 패잔병처럼 절뚝이며 산을 내려왔다. 앞서 온 일행들이 기다리고 있다.

"나눌 정담이 그리 많을 줄이야."

짓궂은 농 소리가 들렸다. 남편은 하늘 저쪽을 올려다보며 밭은기침을 토하듯 소리친다.

"날씨 한 번 참 조옷타."

메아리가 산의 옆구리를 간질인다.

해는 서산으로 기울고 있다.*

봉숭아 꽃물

마음이 더운 날은 시장을 보러 간다. 그것이 피서하는 방법이다. 시내버스를 탔다. 더위가 싹 식는다. 모시적삼을 입은 중년 여인의 옆자리에 앉았다. 깍지 낀 손가락 끝에 맺힌 주홍빛 봉숭아 꽃물, 두 손을 얌전히 치마폭에 내려놓은 모습이 맛깔스럽다. 이십 년을 훌쩍 뛰어넘은 지난날의 추억이 내 손끝에 아려왔다.

신접살이 십오 년에, 열한 번이나 이삿짐을 매고 풀고를 하다가 자그마한 아파트를 장만했다. 방 두 칸에 셋방살이를 하다가 내 집이 생겼다는 성취감에 마음이 들떴다. 거실과 아이들 방에는 뜨개질한 커튼을 걸었다. 밤이 되면 부러 건너 동 통로에 서서 아이들 방 유리창에 아른거리는 커튼 무늬를 읽고 있노라면 운동장만한 아파트가 부럽지 않았다. 이제는 새집에 맞게 분화장도 하고 손톱에는 매니큐어도 하고, 새댁같이 살아야겠다는 생각으로 마음이 설레었다.

위층에 새 식구가 이사를 왔다. 내 나이보다 대여섯 살 위로 보이는 중년부부였다.

"이사 오신 분입니까? 저는 아래층에 삽니다."

내가 먼저 인사를 당겼다. 여인의 말씨나 모시옷을 꼿꼿하게 푸새한 솜씨가 돋보였다. 조심이 좀 되기는 하지만 은연중에 돋우어 보게 되었다.

한복 모시옷을 차려 입고 외출하는 그 여인을 시장 가는 길에서 만났다. 내 손을 꼬옥 잡으며 반가워했다. 그의 손톱에 들인 봉숭아 꽃물도 사람 좋아하는 심성을 따라 웃었다. 매니큐어보다 얼마나 우아하고 멋스러운가. 어떤 매니큐어가 이렇게 우아한 빛깔을 낼 수 있을까, 새삼 그 손을 쓰다듬었다.

길에 다니면서 유심히 길섶을 보곤 했다. 아파트의 화단이나 저쪽에 자투리 구석도 기웃거렸다. 그러나 그 어디에도 내가 찾는 것은 보이지 않았다. 저녁 설거지를 하고 위층으로 올라갔다.

봉숭아의 출처를 알고 싶었다.

"손톱에 들이는 봉숭아꽃 도둑은 도둑이 아닌기라요. 따라와 보이소."

앞장서서 아파트 뒤쪽으로 가는 그를 따라 개울둑으로 갔다. 어느 집 뒷담 밑에 봉숭아 화단이 있었다. 하양 분홍 빨강의 꽃들이 맺고 피고를 하면서 장관을 이루었다. 이런 꽃밭을 가꾸려면 마음이 얼마나 부지런하고 화사할까?

나는 머뭇머뭇 물었다.

"따도 될까예?"

"내가 책임질게요"

나는 봉숭아 꽃대에서 뻗어나간 꽃가지를 몇 개 솎아서 땄다. 그 여인이 딴 것을 내 손에 잡혀주면서, 이만하면 충분하니 빨리 도망가자고 했다.

"도둑질이 아니라면서요."

"안 들키면 도둑질이 아니고 들키면 도둑질이 되는기라요."

그때부터 방망이 소리가 나도록 가슴이 벌떡거렸다. 손에 쥔 것을 어찌

해야 할지, 던져 버리고 싶었다. 하지만 버린다고 꽃이 다시 제 줄기에 가서 붙을 리는 만무하다. 말라서 흔적도 없이 사라질 게 뻔하다. 그보다 내 손톱에 우아한 꽃물을 들일 기회를……. 그건 뿌리칠 수 없는 유혹이었다. 나도 모르게 손안에 것을 꼬옥 감춰지고 잰걸음으로 돌아왔다. 위층 여인은 방긋이 웃어주고는 그냥 올라가 버린다. 나는 쫓겨 온 장닭 같은 모습으로 집에 들어왔다.

손에 쥔 것을 거실 바닥에 펴놓고 들여다보았다. 눈을 껌뻑거리며 한참을 헤아렸다. 꽃송이는커녕 꽃잎 하나도 그 여인은 따지 않았다. 죄다 이파리뿐이었다. 꽃순에 핀 꽃과 피어날 준비를 하고 있는 봉오리는 내가 딴 것이었다. 내 손안에서 이미 죽은 그 꽃들 앞에서 나는 망연히 앉아 있었다. 어떻게 해야 하나. 울어버리고 싶었다.

봉오리가 피어서 꽃이 될 것이고 꽃은 떨어져서 씨앗이 될 것이다. 순을 뽑아 올리면서 부지런히 꽃을 피워 화사한 웃음을 선사하고 여문 씨앗은 한낮 햇볕을 만나 환호성을 지르며 사방으로 흩어져 갈 것이다. 그러려고 봉숭아는 연한 생명을 지켜 혼신의 힘을 쏟아 꽃을 터뜨릴 것이다. 괴로워하지 않고 왼 종일 웃으면서.

들키지 않으면 도둑질이 아니라는 말을 나는 액면 그대로 이해를 했다. 어리석게도. 그건 아니다. 주인에게 들키지 않아도 도둑은 도둑이다. 꽃도둑이라 하여 뭐가 다른가. 잎을 따는 것은 좀 얻어오는 거지만 꽃을 따는 것은 청춘도 미래도 송두리째 앗는 강탈이다. 더군다나 이파리만으로도 꽃물이 곱게 든다는 사실을 알았을 때, 내 얼굴은 봉숭아꽃보다 더 붉었으리라.

나는 아직도 손톱에 꽃물을 들이지 못한다.*

벙거지 모자

아들이 해외에 나갈 일이 있어 일주일 쯤 집을 비우게 되었다. 감기 기운이 약간 있었지만 부천에 사는 아들집으로 갔다. 한 이틀이 지나자 양쪽 광대뼈 자리가 부어 오르고 재채기가 심해지면서 콧물이 흘렀다.

이비인후과 병원엘 갔다. 오십대 중반 쯤 되는 여의사였다.

"가족 중에 담배 하는 분 있으세요?"

치료에 참고라도 하려는 듯 여러 가지들을 물어본다. 알레르기 비염이 심하다고 했다.

"저도 크리스찬입니다. 그러나 의사의 입장에서 말합니다. 내가 아무리 치료를 잘 해 주어도 주의 사항을 지키지 않으면 소용없어요. 주의 사항을 대수롭잖게 여기다가 육신을 망가뜨리는 사람을 여럿 보았어요."

감기 들지 않도록 조심하고 외출할 때는 마스크에 벙거지 모자를 이마까지 내려쓰고 특히 새벽바람은 금물이라며 친절하고 진지하게 일러주었다.

닷새째 병원에 갔을 때였다. 고향이 어디냐고 물었다. 억양이 달라서 그러나 싶어 그냥 빙긋이 웃었다.

"경상도 어디세요?"

재우쳐 물었다.

"진줍니다."

이곳은 공기 좋은 곳이 못되니 그곳에 가면 더 빨리 나을 수도 있다는 것이다. 일주일분 약을 줄 테니 오늘 당장 진주로 내려가라고 했다.

'사람이 할 수 있는 일을 다 한 후에 하늘의 뜻을 기다려야지요.'

서두르라는 듯 한 마디를 더 덧붙였다.

시장엘 들렀다. 벙거지 모자와 마스크를 샀다. 시장에서 써 볼 때와는 또 다른 분위기였다. 어제 밤 TV에서 본 각설이를 다시 보는 것 같았다. 갈등이 생겼다. 몸을 보호하기 위해서는 모자를 써야 한다지만 모자를 쓸 때마다 어색하고 불편했다. 날씨는 점점 추워지는데 모자를 썼다가 벗었다, 마스크만 하고 나갈 때가 많아졌다.

샤워를 하는데 머리 안에서 이상한 소리가 났다. 나무방망이로 가볍게 무엇을 두드리는 것 같은 소리가 나면서 머리가 터질 듯이 아팠다. 머리를 대강 헹구고 나와 이불로 몸을 두른 채 남편이 오기를 기다렸다.

산책을 갔던 남편이 왔다. 서둘러 가까운 병원으로 갔다.

토요일 오후, 의사들은 모두 퇴근하고 간호사와 인턴 몇 명만 응급실을 지키고 있었다. 전문의가 없어 두통이 가라앉을 주사만 맞고 돌아왔다.

꿈인가 했다. 어자들의 이야기 소리가 들렸다. 애써 몸을 뒤척이며 일어나려고 해도 몸이 말을 듣지 않았다. 그냥 누운 채 눈을 떴다. 낯선 천장이 보였다.

"아저씨, 환자가 눈을 떴어요."

간병인이 들뜬 목소리로 보호자를 불렀다. 나는 살풋 한숨 자고 난 것 같은데 대학병원에 입원한 지 보름이나 지났다고 했다. 그러니까 보름이나 지나서야 의식이 돌아와 눈을 뜬 셈이다.

가까운 병원에서 집으로 돌아온 후, 밤새 잘 자더라고 했다. 이튿날 아침에 일어나지 않아도 피곤해서 그러려니 하고 남편은 혼자서 아침식사를 하고 교회를 다녀왔다. 그때까지 세상 모르고 자고 있었다. 수상하게 여긴 남편은 이웃집의 도움을 받아 대학병원에 입원을 시켰다. 공휴일이라 전문 의사가 없기는 매 한가지였지만 그래도 큰 병원답게 환자의 현재 상태를 발 빠르게 찾아냈다. 왼쪽 뇌동맥에 출혈이 있고 오른쪽에는 꽈리 2개가 있다는 진단이었다.

월요일 새벽 2시에 수술이 시작되었다. 머리 양쪽을 한꺼번에 손 쓸 수가 없어, 우선 혈관이 터진 왼쪽 머리를 열었다. 다행히 피가 응고되지 않아 펌프질로 고인 피를 뽑아낼 수 있었다.

나는 마른 막대처럼 누워 있었다.

그때 나는 생존본능으로 음식물을 빨아들이는 것이 아니었다. 호스를 통해 억지로 받아들여 배설하는 기계였다. 하루에 두 번, 삼십 분씩 면회 시간이 있었지만 문병객은 말문을 닫은 환자에게 한 마디 말도 건네 보지 못하고 울먹이며 병실 문을 나서야 했다. 이 면회가 마지막 만남이 될지도 모른다는 생각을 하면서.

혼수상태로 열흘이 지났다. 오른쪽 머리에 있는 꽈리 수술을 하고 얼마를 지나자 손발을 움직이며 입도 움직여 소리를 내더라고 했다. 수술도 잘되고 회복도 빠르고 '당신이 믿는 신이 도왔다' 며 담당의사는 흔쾌해 했다.

퇴원하는 날은 축하까지 해 주었다. 반찬을 싱겁게 먹고 걷기 운동을 많이 하며 평상시와 똑같이 생활하고, 자신이 머리를 수술한 환자라는 생각에서 벗어나야 빨리 회복된다고 했다. 온전한 육신으로 퇴원할 수 있는 기적을 보이심은 신의 은총이었다. 이제는 집을 나서면 좋든 싫든 선택의 여지없이 벙거지를 쓸 수밖에 없다. 민머리로는 외출 할 수 없는 일이 아닌가. 벙거지 모자를 눈썹이 가리도록 내려 썼다.

4월이다. 산 중턱에 앉아 겨우내 움츠렸던 잎눈들이 연록으로 번져가는 싱그러움을 본다. 산자락에서 등성을 향해 올라오는 저들의 행군을 바라보다 어느 한 지점에서 눈이 멎었다.

나는 몇 걸음 아래로 내려섰다. 연록의 이파리들 사이에 꺾어진 나뭇가지 하나가 매달려 있었다. 거기에 도토리 대여섯 개가 붙어있다. 저들은 벙거지 모자를 쓰고 무슨 생각을 하고 있을까? 모자 하나 쓰는 것에도 거추장스러워 했던 내 옹졸함이 떠올랐다. 저 도토리들도 언젠가 신의 축복이 내려 스스로를 덮고 있는지도 모른다. 하늘은 스스로 돕는 자를 돕는다고 했다. 그럴 것이다. 신은 인간의 오만에도 기적의 축복을 내리나니.*

색 맑은 노란 잎 하나 손에 들고 얼굴을 마주한다. 반가사유상이다.
큰 우주 두 개는 내려놓고 삼각 부채만한 우주 하나만 가지고 있는. 이렇게
낮은 데로 낮은 데로 한 장의 나뭇잎으로 내려와서 구원의 열반에 들고 있
다. 바람도 미소 머금고 졸고 있는데, 젖은 땅에 앉아 반가사유 빛나는 새,
한창 고와서 광배 부신 몸이다.

배정인

- jungindream@naver.com
- 011-9495-9451

- 수필가
- 월간에세이로 등단
- 저서 《참수필 짓는 이야기》 수필집 《픽셀Q의 지문》

새 / 팽이, 돌다 / 입추 뒷날 / 먼 당신

새

눈이 오려는가? 늦은 가을 산 높은 구름발을 바라본다. 먼 데서 오는 전령처럼 볼에 닿는 이슬, 집중하지 않으면 느낄 수 없는 입자가 어쩌다 어쩌다 와서 닿는다. 그것은 기미만 느끼게 하는 신선한 물기다.

산문에 들어섰다. 뜰에 볕이 곱다. 마당에 서서, 사람들 절한다. 허리를 접는 노파와 모가지만 5도 접은 사내와 그리고……. 더러는 법당에 들어간다.

진정 신앙이란 무엇인가? 얼마나 간절한 욕망이기에 3백 배보다 3천 배 올리면 더 뿌듯해지는가. 쉬는 숨마다 기원이 되는 욕망의 줄기, 아마도 믿음이린 욕망일 것이다. 오만 가지 색깔을 가진, 3천 3백 배 엎드리는 척추가 소리를 않는 것은 욕망을 이루고자 하는 욕자慾者의 소망이거니. 이것이 인간이 신앙하는 마음일 것이다. 어제와 오늘이 다른, 원망이나 저주와 같은.

허리 굽는 삼천삼백 배 백 년에도 말이 없는데, 녹음기가 목탁을 치고

있다. 화상이 눈 부릅뜨고 함 함 바람을 잡는다. '법당엔 부처가 없어……'

저 아래 불목하니의 지붕이 낮다. 그 낮은 지붕 아래, 초연이 하늘을 우러르며 더 낮은 언덕 밑에 서 있는 외그루 나무. 졸가리가 반나마 드러난 나무 밑에 서서 나는 그의 이상을 올려다본다. 우듬지 성근 가지 사이로 자금자금한 하늘이 파아라니 멀다.

비·바람 맞으면서 나무는 왜 한사코 저 하늘을 향해 생명을 뽑아 올리는가. 허리 굽혀 일보삼배도 하는 적 없이. 나서 지금까지 오직 하나의 소망으로 하늘을 우러러 천 년을 살아온 일념을 보면서, 과연 인간이 갖는 믿음이란 진정한 믿음인가 하는, 믿음이 회의를 앓는다.

나무 밑에 나와 앉아 부처는 사유중인가 보다. 하느적 하느적 부채 흔들며 바람이 내려온다. 한낮에 소리 없이 흘러내리는 새는 부처님의 환한 미소다. 그가 내려 앉는 낮은 땅, 내가 딛고 선 땅에도 살 부비며 초롬초롬 이슬 젖은 은행잎들, 눈이 곱다. 색 맑은 노란 잎 하나 손에 들고 얼굴을 마주한다. 반가사유상이다. 큰 우주 두 개는 내려놓고 삼각 부채만한 우주 하나만 가지고 있는. 이렇게 낮은 데로 낮은 데로 한 장의 나뭇잎으로 내려와서 구원의 열반에 들고 있다. 바람도 미소 머금고 졸고 있는데, 젖은 땅에 앉아 반가사유 빛나는 새, 한창 고와서 광배 부신 몸이다.

그냥 말없이 지는 잎이 어디 있던가. 달빛 머금은 색지로 천 년을 걸고서야 새가 되어 내리거늘. 된 숲에 길 트는 입동 날 맑은 한낮에나.

바람개비 혼자 오솔길 트고 있다.*

팽이, 돌다

차라리 몸에 쇠못을 박았다.

불쌍하구나. 꿈이 청춘을 버려 마냥 누워서 딩굴딩굴, 게으르구나. 대지가 아지랑이를 뿜어 올려도 일어서지 못하는구나. 꿈이 없는 자에게는 하늘이 없고, 하늘을 쳐다보지 않는 자는 일어설 이유가 없다.

서서 도는 자 만이 팽이가 된다. 아버지의 뜻이 직립을 새기고자 함임을. 바람이 창공을 마시는 맑은 천성을 망실하지 않아, 수 많은 나이테를 잃어버렸어도 서서 도는 자만이 팽이가 된다.

일어서라. 일어서라. 삶에 채 치지 않는 것이 어디 있으랴. 잘못이 있어야만 맞는 게 매기 이니다. 매를 치면서 일어서는 바람, 으슥한 골목에서, 이마에 땀이 송글거릴지라도 사랑을 머금고 스스로 매를 맞는다.

눈물겨워라. 곧은 심지를 지녀 너는 맞으면서 꼿꼿이 직립하노니.

새파란 이상을 지니고, 정수리엔 일곱 별, 돌고 있다. 프로펠러보다 더 빨리 공대한 공간을 돌고 있다. 세상살이가 다 맹렬히 몰아치는 와류이거니, 도는 것이 흉이겠느냐. 바늘 끝 첨족 하나 지표에 세우고, 돌면 돌수록 너와 나 색이 하나 되는 것, 얼마나 무아한 오르가슴인가. 마디마디 사바가 몸을 섞는다.

빛이 눈부시게 맑은 날, 해를 가리는 빌딩의 발 밑에서, 섰다가 달리다가, 기우뚱 넘어지다가 다시 서서 360각을 돈다. 허리선에 감기는 그늘은 고독한 직립을 입고 채를 치지 않으면 죽어버리는 허무, 하늘 그리운다.

뜨거운 아스팔트를 묵묵히 걸어, 검은 건널목을 건너서 그 어느 날 달이 미끄러지는 빙판을 달리고. 인생은 그렇게 흔적 없이 돌아 등 외진 원점에 와서 다시 서는 것.

성자처럼, 잡인의 손에 수난한 이상. 슬프도록 찬란한 석양을 품고 팽이, 헐벗은 바람을 돌고 있다.*

입추 뒷날

비가 왔다. 비 오는 날 빗물은 길로 다닌다.

길이 된 산, 사람 떼가 간다. 나는 내려섰다. 다람쥐나 다니는 길, 길이 고독하다. 안 닳은 길과 나, 둘이 가면 먼산이 마중 오고, 나무랑 풀이랑, 이따금 꽃이 반긴다. 그윽이, 내가 눈인사하면 그들의 땀냄새가 난다. 노동하는 푸나무들의 싱그러운 땀냄새, 그 향 짙은 체취에 감전되면 나는 나를 잊어버린다. 온 몸이 푸르게 푸르게 물들면서 인간사 세상사 다 사위어 버린다.

그늘을 쳐다본다. 참나무 소나무, 키 큰 느릅나무들이 육손이 손가락을 활짝 펴고, 높은 손을 흔들어준다. 그 순정의 손사래 저 너머에 말간 눈을 윙크하며 창공이 파란 손수건을 팔랑팔랑 펼친다. 더없이 청아한 하늘에 하얀 속치마 널려 있다. 선녀는 말괄량이, 지금 목욕 중인가? 목화수건 욕실 창에 내걸어 놓고.

나비다. 엄지손톱 만한. 능소화다. 팔랑팔랑, 레도레로 난다. 날아가는 꽃, 나비는 바람 일지 않는다. 날개가 문자를 치고 있다. 허, 글짓는 나비도 있는 모양이네. 나는 놀라운 깨달음에 스스로 환희했다.

나비세상이라고 어찌 작가가 없겠는가? '인간' 이 곧 죄가 되는 것을. 나는 고개 숙이고 걸어간다. 허공의 노트에 글자를 수놓는 나비를 생각한다. 한 방울 아침 이슬로도 피지 못할지언정, 수고로이 한 줄의 문장을 새기는 마음이사……. 동병상련에 허무를 버문다.

또 앞에 나타났다. 내 걸음을 따라오려면 나비의 연약한 날개 죽지는 숨 가쁠 것이다. 나는 걸음을 늦추었다. 처음에는 팔랑팔랑, 나중에는 하늘하늘, 붙을 듯 떨어질 듯, 올랐다 내렸다 왔다 갔다, 내 안색을 탐색한다. 내 눈동자를 데리고 다니면서. 나는 손을 저으려다 발을 멈췄다. 나비의 날갯짓은 오히려 무음이다.

내 하얀 가슴에 나비가 앉았다. 마치 훈장같이, 왼쪽 젖가슴에 꽃이 피었다. 무궁시無窮時의 여유로 살아 움직이는 꽃, 절벽에 핀 외로운 꽃이다. 나는 숨을 낮추었다. 아주 낮은 박동에도 이 작은 나비는 동지動地하겠다. 지진, 그것은 얼마나 불안하게 하는가? 땅을 잘못 사용한 죄를 묻는 게 지진이라 여기는 나. 그래서 산이 유심하다.

날개를 흔드는 나비의 부채질은 여름 한낮 대청마루에서 손주를 재우는 할머니의 모시적삼 소매같이 바람 불지 않는다. 갸웃이 흔들릴 뿐. 살그머니 접었다 펴고, 또 펴는 날개, 한 장이 아니었다. 그건 수백 수천으로도 페이지가 헤아려지지 않는 긴 연서였다.

태초의 연심이 능소화 필체로 면면에 돋을 새김을 하고 있다. 낯익어 보이는 눈빛들이다. 그러나 어이하여 글자가 읽히지 않는다. 추억을 더듬어 보지만 기억을 찾지 못한다. 어느 길 모퉁이에서 웃음을 나누었던, 아니면 울음을 같이 울었던 애달픈 정령의 무음현無音絃인가? 서러워 내 태생에 서린 그 어느 그늘이 만장 연서로 물에 배는 관조화觀照畵인가?

무안했다. 그래서 인사했다. '반갑다, 우리 만난 지 오래 됐지?' 그 밖엔

할 말이 없었다. 바보같이. 이제는 고대 상형문자가 되어버린 연서, 내게
도 이렇게 그리움을 기록한 날개가 있었으련만. 그 날개가 없다. 너무도
오랫동안 망각의 늪에서 소멸을 살아온 것이다, 나는!

　나비 날았다. 물푸레나무 상수리로 수직상승을 했다. 창공에 뜬 보라매
같이 날개도 젓지 않고 솟아올랐다. 금빛 나래가 햇빛처럼 사라졌다. 기약
같이…….

　통통통, 기다린 듯이, 새가 허공을 뚫는다. 속이 빈 원목을 두드리는 소
리, 그 소리는 언제 들어도 애잔한 가을빛이다. 눈에 아름아름하는 그리움
들 지나간다. 길이 된 산을 걸어오는 동안 만나서, 헤아릴 수 있는 얼굴이
나 몇 개 될까? 손꼽아보려니, 삭삭 삭삭 지우개에 이름이 진다. 바람에 스
러지는 모래알같이.

　헤어짐이 있었으므로 만남이 있는 것이다. 비록 불러볼 이름 지워졌을
지라도 그리워서 만나게 되는 것이다. 다만 의미를 모를 뿐이다.

　나는 누구의 이름없는 나비로 이 길 가고 있는가?*

먼 당신

사는 것이나 공부하는 것이나, 글을 쓰는 것이나, 그대를 보고 싶어하는 것이나, 내가 희망하고 바라는 것은 언제나 먼 당신입니다.

한 번이라도 당신을 만나려고 나는 허우적거리며 갑니다. 어느 날은 어디로 가는지도 모르고, 멀리 가고 있는 당신 그림자의 흔적을 바라보며 따라 잡아보려고 달려갑니다.

가다가 절망을 느낄 때도 있습니다. 주저앉아서 쉴 때도 있지요. 그 휴식이 조금만 조금만 더하다 보면, 휴식은 게으름이 되어 언제나 먼 당신이 영원히 먼 당신이 되어버리기도 합니다.

길은 멀고 구불구불합니다. 눈 높이 들면 갈 길이 아득하고 눈 앞엔 산이 열렸다가 닫혔다가……. 그러나 언제나 먼 당신의 가슴에 버려지지 않는 어스름 있음을 생각습니다.

다시 일어서서 먼 하늘 바라보면 거기 한 줄기 흰 바람 스쳐간 흔적이 보입니다. 당신은 기다림 없을 듯이 가지만 옌 길에 파스토랄레 스카프 하나 떨어뜨려 둔 당신, 그 마음이 사랑임을 나는 압니다.

잊지 못하는 사람은 비록 느릴지라도, 다리 아파 절름거릴지라도, 영원히 따라잡지 못하겠다 싶어도 애를 쓰며 다가갑니다. 그러노라면, 간절히 그리워하노라면 옷깃에 스치는 당신을 느낍니다.

그 어느 날, 언제나 먼 당신도 다리 아프고 숨가쁠 때 있어서 길가에 퍼질러 앉아 쉴 때가 있겠지요. 당신은 쉬고 있고, 나는 가고 있고, 그러면 만나게 되겠지요. 당신과 동반자 되어 어느 날은 내가 이력이 붙어서 멀리 달아나 보는 당신이 될 수도 있겠지요. 둘이 손잡고. 꿈에서처럼.

내 사랑, 내 그리움, 내 안에는 당신도 함께 살고 있어서 오히려 먼 하늘, 내 기리분 당신은 언제나 함께 있는 먼 당신입니다.*

어떤 땐 그 사람을 웬만큼 안다 싶다가도, 마음을 볼 수 없어 저 홀로 가슴속을 후비며 미로 속을 걸어가게 됩니다. 그럼에도 차라리 마음은 보이지 않는 게 살아가기에 나을 거라는 생각이 듭니다.

마음에 미움이 가득 찰 때, 그 어느 마음의 끝간 데를 다 보는 눈이 있다면 지금보다 덜 행복할지도 모르겠습니다.

서금숙

• ssy975@naver.com
• 010-3001-6430

두번째 성인식 / 진실그래프

두 번째 성인식

중간쯤 오면 잘 보일 줄 알았다. 다가가는 만큼 가까워질 줄 알았다. 아슬하게 끈 하나 채면 길은 어우러져 다음부터는 그 끈이 인도하리라 믿었다.

쉬워지리라 생각했다. 가다 보면 터득하게 되리라 넘겨 짚었다. 처음에 헤매지, 뒤에는 헤맬 일이 없을 테고 해결에도 가속도가 붙어 실마리를 찾아내는 건 일도 아닐 거라며 낙락을 삼켰다. 어른이 된다는 건 아무거나 내 마음대로, 내가 원하는 대로 목적을 안배할 수 있다는, 스스로 우러르는 마음이었다.

벌판 한가운데 서 있다. 되짚어 돌아가는 길이 없다. 길이 있다 하더라도 출발점으로 돌아가기에는, 회의다. 갔다가 다시 와야 하는, 오지 않으면 안 되는, 여기까지 저어 올 여정에 자신이 서지 않는다. 목착지에 이르기에는, 그러나 거기에 당도할 힘을 꾸역꾸역 채워 다시 끌어올려야 한다. 실체가 흐릿한 좌절에 굴복할 수는 없다. 무릎 꺾이기를 일상 삼는 여정은 다시 일어선다는 보장을 허락하지 않는다.

나에 대한 배려가 부족했다. 들리는 말, 들려오는 말, 들을 수 있는 말들에 과도하게 연연하였다. 그것이 더러는 배타이기도 했다. 누구에게서도 사는 방법에 대한 제시는 받아 적지 못하고 그저 남의 말에 쏘살거렸다. 내 길은 가늠해 보지도 않고 주변인이 사는 것처럼 살면 될 것이다라는 안주함만 있었다. 자신에게 중심을 두지 못하고 주어지는 대로 밀려왔으니까.

스물이 오기 전의 헤맴이 정체성의 흔들림이라면 마흔 머리에 헤매는 이건 뭔가. 눈에 띄게 몸이 자라고 마음의 소용돌이를 견디는 신호가 성장통이라면, 그런 성장이 아닌 이제 퇴화되어 가는 몸을 이기려는 이 겪음은 자각통이어야 하나. 파랬을 때는 나만을 위한(가족의 영향이 아주 없었기야 했겠냐만) 고민이 주였다. 진실로 내가 고민하는 게 뭔지 어림이 되지 않는 데다 해답도 붙들어 맬 수 없어 지나가 버리는 통과의례였을 것이다. 혼자만의 세계를 우주로 생각하면서.

마흔, 출구 없는 미로 같은 피로도. 스물 이전에는 보호받는 가족, 마흔엔 보호해야 하는 가족, 가족 구조가 달라졌다. 내가 보호해야 할 아이와 도와야 할 배필에서 근원되는 뿌리내림은, 땅에 역사가 굳는다.

남편과 이만큼 살면 이리 깁고 저리 기워 어등버등한 짝을 걸면 좋겠지만 좀 맞아 가나 싶으면 그 생각에 딴죽을 걸게 만든다. 따로가 될 수 없는 숙명이라면 확대경으로 빛을 집중하여 쬐어주면 훨씬 따뜻할 텐데도 점점 얇아지는 렌즈다.

엄마의 정보력이 곧 힘이라는 세태의 시쳇말엔 초조감이 들러 붙었다. 내가 정보에 민감하지 못해서 아이에게 해 주어야 할 기회를 챙기지 못하는 건 아닐까 하는 염려를 놓지 못한다. 정보력이란 게 뭔가. 그건 남의 말을 잘 잡아 종합된 방법이나 방향을 도출해 내는 능력일 것이다. 여기저기 기웃거려야 하고, 꿰고 있진 못해도 응답할 순 있어야 한다. 이렇게 범람

하는 정보마당에서 믿을 만한 주파수를 찾아낸다는 게 어지간한 관심과 지력으로 되는 게 아니다.

고통의 외곽만 걷기를 바랐다. 내가 힘들어 하는 짐을, 내가 버거워 몸부림치는 무게들을 어둠이 걷어가 주기를 바랐다. 그분께서 이미 분류를 하시고 살게 하는 건지, 그렇게 편안했다는 말은 할 수 없었던 지난 일에 묶여 있기도 하다. 덩어리가 비슷한 일이 반복되기도 한다.

스무 살 무렵의 그때보다 치열하게 고민하며 사느냐? 그렇지도 않다. 그때는 조심성이 있었다. 모르니까 그랬을 것이다. 이젠 나이 먹어간답시고 조금 알 만해져 간다 싶어 어떤 일에 대해 스스로 심각성을 상쇄시키면서, 좁은 편력으로 단정해 버린다. 진중함을 잃어가는 건 아닌가 싶다. 진정으로 연륜을 보탤 수 있다는 건 깨달아 가면서 내 삶에 적용할 수 있을 때인지도 모르는데.

마흔은 어떤 것에도 굳어졌다고는 생각하고 싶지 않다. 분명한 것은 아무것도 없다. 다만 늙어가야 할 건 분노 교만 질투 미움 시기 다툼 아집 경쟁 부러움……. 그리고 증오, 이것들과 이것들의 아들들뿐이다.

이쪽이어야 하는데 저쪽으로 기울면? 이제 두 번째 경계를 까딱 까딱 넘어간다. 사십 년의 후원을 엎고 다시 이십 년을 갈 건데 설마 전보다 힘들라고. 남은 길, 나를 어떻게 서술해 나갈지 반 나마한 두려움과 떨림으로 걷고 있다.*

진실 그래프

마른 잔디를 덮었습니다. 그 잔디보다 가벼운 알갱이들입니다. 달빛 아래 굴려서 눈사람을 세우고, 그를 지켜줄 보디가드도 가능하겠습니다. 그러기보다는 정결을 빚어서, 연인의 홍조 띤 엷은 볼에다 비벼보고 싶습니다.

전화기를 바꿨습니다. 설명서를 펼쳐 가며 메뉴를 익혀 봅니다. 메뉴를 단번에 숙지하기는 쉽지 않습니다. 어느 걸 눌렀다가 유료메뉴에 접속된 줄 알고, 얼른 종료를 누릅니다. 눈에 익은 메뉴만 자꾸 사용하기에 손쉬운 기능이 지레 거부되기도 합니다. 손바닥보다 작은 전화기에 집약된 지식과 겨루면 내가 알고 있는 앎이란 서푼어치도 안 됩니다.

설명서는 말 그대로 설명만 합니다. 묘사는 하지 않습니다. 묘사는 무엇인가요? 설명이 대중적이라면 묘사는 개인적인가요? 공간을 달리하면 낱자만으로도 묘사가 되는가요? 사전에서 차여 나간 글자가 오랜 자리를 버리고 좀 생뚱스레 어울리면 묘사가 될까요. 아마도 보이는 것은 다 묘사로 채운 설명인 것 같습니다.

'진실지수 애정지수' 아니, 이런 낱말이 나오다니! 강철 무더기를 뚫고 나온 꽃이라도 만난 듯했습니다. 사랑지수 안에는 통화하는 상대방 얼굴을 보며 애정지수를 그래프로 볼 수 있고요. 콜중진담 안에는 상대방 얼굴을 보면서, 진실지수가 그래프로 나온다는 설명입니다. 사랑이든 애정이든 추상명사의 수치를 잴 수 있는 건, 저마다 다르게 계량되는, 사람만이 지닌 영역으로 여겼습니다. 그것도 갸웃거릴 정도지, 누가 정확한 질량을 확신할 수 있겠습니까? 내가 차마 읽을 수 없는 무형의 온도를 측정한다니, 한편으론 솔깃하면서도 걱정도 따라옵니다. 사람이 기기보다 나은 게 무엇인지, 기기 앞에서 사람인 나는 주눅이 듭니다.

하긴 영혼이 몇 그램 된다는 영화도 있었던가요. 어떤 땐 그 사람을 웬만큼 안다 싶다가도, 마음을 볼 수 없어 저 홀로 가슴 속을 후비며 미로 속을 걸어가게 됩니다. 그럼에도 차라리 마음은 보이지 않는 게 살아가기에 나을 거라는 생각이 듭니다. 마음에 미움이 가득 찰 때, 그 어느 마음의 끝 간 데를 다 보는 눈이 있다면 지금보다 덜 행복할지도 모르겠습니다. 만신창이로 너덜해서 꼭 여미고만 싶을 적도 있으니까요. 어느 상황에선 사람이 다 악마로 보일 때가 있을지도 모릅니다. 아무데나 옮겨 다니는 감성지수들을 투명하게 볼 수 없게 만든 건, 그럴만한 이유가 있어서 내린 신의 배려겠지요.

애정 없는 사랑은 무용합니다. 대면 없이 하는 소리의 만남도 진실 주파수에 접속되지 않으면 알짜 없는 껍데기입니다. 진심을 기울이지 않으면 사회적인 말만 쏟게 됩니다. 말이 관성이 어지간해야지요. 내 몸 어딘가에 기록되어 있는 문장들은 편집되기를 성가시게 여길 때가 많습니다.

뜨끔합니다. 무선전화를 쓰면서 나는 더욱 실용이라는 몫으로 진실을 잃어갔을 겁니다. 전화기를 귀와 어깨 사이에 끼운 채 업무를 보고, 아이를 달래고, 타자를 칩니다. 해야 할 일은 왜 이리 많은지요. 실용은 순도를

다 용납하기에는 과부하가 걸립니다. 그래서 한 번에 여러 가지 일을 할 수 있으면, 한 컷으로 해결하려는 심리를 부추깁니다.

애정지수를 눈에 보이게 만든 사람은, 진실과 사랑이 사람을 있게 하는 마지막까지 놓지 말아야 할 궁극의 목적임을 알았나 봅니다. 기기가 사람을 나누는 것이 아니라, 사람을 더 결속하게 하는 장치를 넣어 진실하라고 사랑하라고 다그치고 있습니다.

꽃을 피우는데 필요한 재료는 진실한 사랑이라고 합니다. 꽃은 천상에서 내려 준 악기일까요. 휴일 없이 연주를 합니다. 어떤 이는 강약이 희미하여 관객을 사로잡지 못하고, 어떤 이는 음계를 혼돈하여 조화를 더디게 맞춰 갑니다. 그 진심은 어떤 학습으로도 오롯이 전수받지 못합니다.

내도록 진실하게 살아진다는 것은 위선일까요. 진실강박증에 걸리지 않고도 뿌려지는 진짜 향기는, 덕이 얼마나 숙성되어야 배여 나오는 것일지요. 그렇더라도 허둥지둥 접어 버릴 수 없는, 살면서 무시로, 자주 비춰 보아야 하는 정경일 테지요.

진실그래프는 능선 같은 곡선인가 봅니다. 불빛이 번지는 가로등 저만치, 걸어가고 있는 연인들의 어깨가 지금은 다정해 보입니다.*

처음 만난 낯선 친구들을 감당하기란 어린아이들에게는 벅찬 현실일 것이다.
그것을 이겨내는 용기와 슬기를 터득하는 과정에서
겪지 않으면 안 되는 눈물이 비단 아이들에게만 있겠는가.

유경자

• ygj265@hanmail.net
• 010-3835-1967

준서, 친구를 만나다

준서, 친구를 만나다

코끝이 제법 발그스레해지는 11월의 아침바람을 가르며 걸음을 재촉한다. 아이들이 있는 그 곳의 현관문이 보일 때쯤이면 언제나 그랬듯이 가슴이 두근거리고 설렌다. 현관에 들어서면 그 문을 여는 소리를 들은 아이들이 새순같이 보드랍고 여린 두 손을 배꼽에 갖다 대고는 인사를 한다.

"선생님, 안녕하세요."

"그래 그래 윤서야, 민솔아 어젯밤에 잘 자고 오늘 아침밥 많이 많이 먹고 왔어요?"

유희실에 들어서면서 눈높이를 맞추고 아이들을 안은 채 호들갑스럽게 안부를 묻는 것으로 보육교사로서의 일과가 시작된다.

어린이 집 앞 화단에 토끼풀 꽃이 몽실몽실 피어있는 6월에 세 살짜리 별님반에 새 친구가 왔다. 그 날 엄마와 헤어지는 현관에서 울었던 울음은 준서가 태어나서 아마도 두 번째로 큰 울음이었지 싶다. 어머니랑 와서 미리 예습한 적응놀이도, 안고 달래는 선생님도 소용이 없었다.

2시간 뒤에 온다면서 준서 어머니는 안쓰러운 미소를 머금고 현관을 나가고, 안으로 들어온 준서는 쉼 없이 울었다. 울다가 가끔은 눈을 슬쩍 떠서 주위를 두리번거리고 다시 눈을 감고 울었다.

엄마와의 애착형성도 잘 되어 있고 언어도 유치원생 정도의 고급언어를 사용하여 의사소통에는 아무 문제가 없을 것이라는 정보를 가지고 있었던 터라 분리불안도 적겠거니 기대했었다. 그런 나의 기대와는 달리 의외로 울음이 크고 길었다. 엄마의 품을 떠나서 난생 처음 부딪히는 낯선 환경이 단박에 받아들여지면 그도 이상한 것이지만, 끝날 것 같지 않는 울음에 나는 안타까웠다. 하루 이틀 지나면 되겠지, 오히려 내가 마음을 추슬렀다.

별님반 남자아이들이 가장 잘 가지고 노는 자동차를 보여주며 윙~윙~, 부릉부릉 굴려도, 손인형을 가져와서 인형극을 해도, 자석 블록으로 미끄럼틀도 만들고 노래를 불러주어도 준서는 울기만 했다. 그 후로도 여러 영역별 놀잇감으로 놀이하기, 안아주기, 달래주기도 통하지 않았다. 그러는 동안에도 다른 아이들의 놀이는 계속 되었다. 어떤 아이는 포대기와 인형을 들고 와서는 등을 토닥토닥 두드려 보이고 어떤 아이는 소꿉놀이 그릇에 과일을 담아와서 '어~' 하면서 내밀고 또 어떤 아이는 친구의 실로폰 채를 뺏으려고 용을 쓴다.

한 아이가 청진기를 가지고 와서는 내 가슴팍에 꾹 누르고 까르르 웃는다. 나도 따라 웃는다. 다른 아이가 헤어 롤을 가지고 와서는 머리에 사뿐히 얹어 놓고 내 얼굴을 빤히 들여다 본다, 내가 크게 웃는다. 아이도 깔깔 웃는다.

'집에서 형하고만 놀고 친구하고는 한 번도 어울려 본적이 없어서 낯선 아이들을 만나면 운다' 는 준서 어머니의 말씀은 나에게 숙제였다. 등원하는 준서를 아이들과 멀찍이 앉히고, "준서야, 울지 말아요, 목 아파요." 하면 준서는 고개를 좌우로 흔든다.

"더 울고 싶어요?"

목을 아래위로 끄덕인다.

"안 울어도 돼요, 울면 힘들어요. 울지 말아요."

그러면 준서는 울면서 고개를 끄덕인다.

"선생님 뭐 하시는지 준서가 잘 보고 있어요."

반응이 없는 준서를 짐짓 뒤로하고 나는 다른 아이들의 놀이를 돕기도 하고 같이 놀아 주기도 한다.

잠시 후, 준서의 목소리가 조금 낮아졌다.

"준서야, 눈물 닦아 보세요."

휴지를 한 장 뽑아 손에 잡혀준다. 준서가 눈등을 꾸욱 눌러 눈물을 닦는다. 준서를 달래려고 출동시켰던 꽃블록, 사과, 바나나, 수박과 코끼리, 악어, 강아지들이 물끄러미 준서를 바라보고 있었다.

'이거, 이거' 하면서 남자 아이들은 각종 블록을 가져와 끼워 달란다. 마지막 한 조각을 아이가 완성시킬 수 있도록 해 주고는 '잘했다, 멋지다' 며 칭찬을 아끼지 않는다. 준서의 울음소리가 가늘게 늘어진다 싶더니 눈이 살짝 공룡을 훔쳐본다. 얼른 공룡을 앞에 놓아 주었다. 준서가 더 크게 운다. 나는 모른 척 돌아섰다.

올망졸망 아이들을 책상 앞에 앉히고 찰흙으로 〈똥 만들기〉수업을 했다. 감각기관을 이용하여 찰흙을 탐색하고 오물조물 만지고 주무르는 과정에서 창의력 향상과 작은 근육 발달에도 도움이 된다. 손바닥으로 누르고 비비고 손가락으로 찌르고 두 조각을 붙였다 뗐다를 반복하며 웃고 떠든다. 이런 시간에 아이들의 에너지는 언제나 넘친다.

준서가 조용해졌다. 공룡은 이미 준서의 손 안에 있고 눈은 휴대전화를 보고 있었다. 지나가는 척하며 얼른 휴대전화를 준서 옆에 갖다 놨다. 어쩌면 준서의 목소리를 들어 볼 수도 있겠다는 기대를 했지만 말을 붙이진 않았다.

체육 수업이 있는 날이었다. 그날은 우리 아이들 모두 노랑 병아리가 된다. 준서도 노란 체육복을 입고 왔다.

"우리 준서 정말 예쁜 체육복 입고 왔네. 우리 같이 놀까요."

난 준서를 보며 웃음을 쳤다. 노란 체육복을 입은 아이들이 선생님이 이끄는 대로 매트를 토닥토닥 두드리기도 하고 발로 동동 구르기도 한다. '으샤으샤' 높은 매트에 올라가 미끄럼을 타고 내려오기도 한다. 겁이 많은 아이도 겁이 없는 아이도 선생님의 응원과 도움을 받으며 도착지에 다다르면 아이의 얼굴과 몸짓에서는 행복이 묻어난다.

한쪽 벽면에 기대앉은 채 친구들의 체육활동을 지켜보던 준서가 나무늘보만큼이나 뜬 동작으로 엉덩이를 들고 일어서다 나랑 눈이 마주쳤다.

"파이팅! 준서 멋지다."

나는 엉거주춤하는 준서의 손을 잡고 웃어 주었다.

"자 준서야 선생님이랑 같이 해 볼까?"

드디어 준서가 친구들과 어울렸다. 그것도 웃으며. 고집도 버리고 낯섦도 극복하고 친구들과 어울려 즐겁게 체육활동을 한 것이다. 오늘 활동에 자발적으로 참여한 준서에게 선생님과 별님반 친구들은 격려와 축하의 박수를 보냈다. 선생님들은 다같이 준서를 위해 하이파이브를 했다. 시간은 그렇게 즐겁게 흘러갔다. 나는 기분이 봄날 같았다.

혼자만 봐달라고 그렇게 울었지만 그렇게 못해준 선생님을 원망했을지도 모를 일이다. 처음 만난 낯선 친구들을 감당하기란 어린아이들에게는 벅찬 현실일 것이다. 그것을 이겨내는 용기와 슬기를 터득하는 과정에서 겪지 않으면 안 되는 눈물이 비단 아이들에게만 있겠는가.

집에 갈 준비를 한다.

"준서야, 선생님 안녕히 계세요. 인사해 볼까요?"

준서의 입이 열리고 소리는 목에 걸렸다. 내일은 오늘보다 훨씬 명랑한 준서를 기대한다. 딩동 딩동, 준서가 엄마손을 잡고 현관을 나간다.

"준서야 잘 가세요. 내일 만나요."

준서가 돌아보며 쌔액 웃었다.*

다시 등이 물을 맞는다. 척추를 어루만지는 잔잔한 손길을 타고 역사의 소리들이 청진기로 몰려와 들끓는다.
고국을 돌아보며 바다를 건넜을 귀와 코, 그 베어짐의 귀성(鬼聲)들이 지금도 이렇게 내게 수전파로 오고 있다.

이고운

• younim88@hanmail.net
• 019-558-8045

• 수필가
• 『월간문학』『계간수필』로 등단
• 수필집《백 번째 그리움》

물의 느낌 / 소금별 / 버드나무 편지

물의 느낌

등 이 물에 닿는다. 물이 등을 만진다. 청진기는 내 귀에다 꽂아주고 등 안쪽의 소리는 물이 듣는다. 뼈를 점검한다. 아! 오래 전에 나무등걸 메고 산을 내려오다 짓눌렸던 척추, 4번과 5번 사이를 빠져 나오려는 물렁뼈를 주무르며 진찰을 시작한다. 찟, 신호가 온다. 내 척추의 역사, 물이 보고서를 타전한다. 회신이 오는가. 이상하다. 추울렁 쿠울렁 바위가 우는 느낌이다. 그 울음이 내 등판에 물타자를 친다. 톡, 톡톡. 아주 노련한 독수리타법이다. 청진기에 웅성거림이 있다. 오래 전에 내가 잊은 고어 같다.

척수에 저장되었다가 기억을 잃어버린 입자들, 그 세세한 그림들을 물거울로 비추어본다. 거울을 포개고 각도를 이리저리 맞추어본다. 아무래도 내 등뼈는 지나치게 단단한가 보다. 두드리는 물의 타자가 현대문으로 형성되지 않는다.

파도가 와서 거든다. 좌에서 우에서, 제 맘대로 흔든다. 눈꺼풀을 덮었으나 눈은 잠들지 않는다. 점점 물속이 환해진다. 포식성이 강한 물방개가

잠수타기놀이를 하고 있다. 어서 잠들라고 주인이 소등을 하였으나, 파도
가 굼틀굼틀 내 등짝을 들었다 놨다 잠을 뭉갠다. 깨어있으라는 듯이. 심
술을 놓는가, 뒤척이며 안간힘을 쓴다. 뭉친 내 근육을 풀어주려고 딴엔
안마를 하는 모양이다. 엷은 간지럼을 태운다. 그러다가 사정없이 주먹질
로 팬다.

　점점, 좀 심하다. 왜 이러는지, 파도가 이토록 내게 애달파하는 이유가
뭘까? 물밑으로 생각을 깊이 밀어 넣는다. 울렁거린다. 좌우 전후로 진좌
가 커지면서 높낮은 물봉우리를 오고 간다. 참다못한 돌미역들이 물밑을
많이 흔드는가 보다. '팩' 하는 해초의 효험을 느껴보려고 눈을 감아본다.

　파도가 또 잠을 쫓는다. 눈초롱 안으로 저만큼 고래등이 보인다. 푸우
물을 뿜으면서 굼심굼실 보였다 안 보였다 한다. 검은 파도가 길길이 날뛰
며 밀려온다. 아무 도움도 안 되는 멸치 떼 새우 떼가 모였다 흩어졌다, 투
망치는 모양무늬를 그린다. 그것도 진정효과가 있기는 있나 보다.

　의식의 마지막 지점을 넘어서려는데 등밑에 달린 회전날개에 뭐가 걸리
는 느낌이다. 대마도일까? 암초일까? 파도와 물이 서로 갈등하는 걸로 봐
서 대한해협을 건너나 보다. 애무가 불규칙해진다. 수심이 얕다지만 늘 역
사의 파고가 높았던 곳. 뜨거운 물이 밀려오다 차가운 물이 밀려오다 한
다. 왜인에게, 왜바람에, 신들린 수길에게, 수도 없이 깨어졌을 대한해협
의 파도들이 이렇게 내 척추의 순도를 점검하는 연유를 짚어본다.

　겁먹지 말자고 탕에서 출렁이는 물속에 미리 등을 담그고 나오지 않았
는가. 신경을 진정시기느고 미른 오징어를 씹었고, 술로 목을 헹구고 과자
부스러기들로 이빨을 깨물지 않았던가. 하지만 메스껍다. 물은 척추를 만
지고 어르는데 파도는 등을 두드리고 몸을 흔든다. 울렁일 때마다 머리가
어지럽다. 목에 쥐가 난다. 등으로 받는 애무, 등으로 느끼는 오르가슴이
좀 심하다. 울컥울컥 입으로 쓴 것이 올라온다. 찬바람을 쐬면 좀 나을까

선상으로 나온다. 그때의 바바다. 절망을 겹겹이 칠했던 바다, 지난 역사를 다 쓰려고 밤새워 먹을 가는 맷돌이 돌고 있는가? 검은 낯빛을 번질거리는 파도골짜기에 소주 한 잔 뿌려 잠시 읍을 올린다.

다시 등이 물을 맞는다. 척추를 어루만지는 잔잔한 손길을 타고 역사의 소리들이 청진기로 몰려와 들끓는다. 고국을 돌아보며 바다를 건넜을 귀와 코, 그 베어짐의 귀성鬼聲들이 지금도 이렇게 내게 수전파로 오고 있다. 마지막 왕실의 옹주를 위로하는 최 어른의 손길에서 나오는 소리도 나의 애를 끊나니, 슬프게 빼면 더 슬프게, 기쁘게 빼면 기쁨으로 나오는 은의 소리, 오늘이 밤바다를 슬프게 은을 빼면서 지나간다. 젊었던 시인의 별 헤는 밤이 부지런히 어머니를 향해 물결을 탄다. '황막한 광야에 달리는 인생아' 어느 바위에 앉아 머리 빗는 인어의 애절한 노래가 수중음으로 울린다. 해저에서 파도를 부수며 수도 없이 건너오는 소리, 소리들. 옛, 그 어느 날 내 척수의 원조들이 이렇게 살아남아서, 대륙붕의 바다를 건너는 등을 아프게 안마한다.

물은 흐른다. 어디를 가나 흐르는 물은 있다.

'관부연락선' 에 흐르던 물, 그 회한을 파도 타는 대한해협의 물은 물이 아니었다. 이제는 '부관훼리호' 로 바뀌었다. 아늑한 삼등선실에 등에 닿는 물의 느낌. 그냥 흘러온 물이 아니다. 깜깜한 서녘 수평선으로 기우는 조각달을 안주 삼아 강소주 한 잔 입에 탁 털어 넣는 느낌 같은······.*

소금별

단히 붙어 있습니다. 동에서 서로, 남에서 북으로 첩첩이 입을 봉하고 있습니다. 어디서 어디로가 길인지, 뫼비우스의 띠 같습니다. 시작도 끝도 찾을 수가 없습니다.

서로 끌어안고, 한사코 이별을 거부합니다. 두려운 모양입니다. 낯선 곳에서 얼굴을 드러낸다는 것은 부끄럽기도 한 거니까요. 이들이 주인을 보호하려는 결사대의 사명을 띠고 있음을 모르지 않지만 작은 틈도 내보이지 않으려는 용용 죽겠지가 나를 짜증나게 하려 합니다. 시간을 끈다는 것이 현대인의 습성에는 견디기 어려운 비위를 느끼게 하거든요. '너를 시험에 들게 할지니.' 아마도 이 접착은 내 인내를 시험할 목적으로 따라온 비밀요원인 듯합니다.

손톱도 안 들어갑니다. 도대체, 어쩌라고? 하는 수 없이 가위를 들이댑니다. 조급증을 누르지 못하고 무기를 들이대는 꼴이 됩니다. 이건 폭력인데…. 미안한 생각이 들지만 하는 수 없습니다. 처녀림을 무례하게 헤치는 행위를 용서 바란다는 헛말을 중얼거리면서 이들의 밀접을 절단합니다.

이들도 그냥 있지 않습니다. 가위에 붙고 손가락에 붙어, 떨어지면서도 내 지문을 폭행의 증거로 가져가는군요.

열지 말라! 입을 다물면 다물수록 궁금증은 증가합니다. 포장을 풀고 여는 과정에서 느끼는 궁금증과 설레는 마음은 기대를 미리 충족시키는 효과를 가지고 있습니다. 그 맛에 이끌려 더러는 결과를 도외시하는 무모를 저지르는 거지요.

겉옷을 벗겼는데, 아! 지뢰밭입니다. 지뢰들이 볼록볼록 나를 위협합니다. 혹시라도 몰라, 창을 들고 덤비는 침입자를 방비하고자 하느라 그랬겠지요. 하는 수 없이 귀를 잡아당겼습니다. 그래도 잘 안 갈라집니다. 화풀이 겸 환호 겸 열 손가락으로 알 밴 투명한 지뢰들을 눌렀습니다. 터지는 폭음이 들립니다. 땍땍때때때~ 그것은 어쩌면 보낸 이의 축하메시지이거나, 무사히 도착했다는 축포일 것입니다. 이 언어의 포도알 조차 절대불가를 물고 놓아주지 않습니다.

다시 가위가 열어줍니다. 드디어 곱고 가는 흰 살결 같은 결정체가 나왔습니다. 몸을 으스러뜨려 살을 절이고 광선에 태워 순수를 얻은 영이 바다의 하얀 포말을 일구며 해조음으로 다가왔습니다. 저 바다에서 점정 된 눈부신 물꽃, 어느 염부의 기도가 알알이 영근 거지요. 마치 멸치의 푸른 눈알처럼 살아 반짝이는 그들이 선물이란 이름으로, 먼 길을 걸어서, 해가 설핏한 나의 저녁때에 도착한 것입니다.

순정한 입체를 성취한 그들을 쥐어봅니다. 다 총명합니다. 총총히, 저마다 소금소금 빛을 추억하는군요. 서로가 서로를 부비면서 가슴을 덮고 있는 것이 아주 평화롭습니다. 설날 아침처럼.

바다에 몸을 풀었던 물의 모습을 떠올려 봅니다. 씻기고 닦이고 맑히고, 살림이 본분이었던 때, 어느 한 생의 절규를 듣습니다. 그리고 그가 꿈꾸는 세상을 듣습니다. 죽어도 상처 나지 않는 은광들! 스스로 썩지 않기에

남을 썩히지 않는다는 약속의 꽃이 된 소금별, 하얗다는 것은 검다는 이면
의 극을 넘어선다는 말일 것입니다. 조류와 물때에 맞추고, 표준사이즈를
유지하기가 얼마나 어려웠던가요. 숨이 끊어진 것이 아니라 바다에 풀면
고스란히 살아 헤엄치게 될 빛나는 것들. 더 어렵겠지요. 상처 덧나지 않
는 세상에서 산다는 것은.

　발가벗은 몸을 땡볕에 내놓고 오랫동안 쪼시개로 콕콕, 탁마를 절규하
였습니다. 뭉쳤다가, 산산이 흩어졌다가 하는, 이합집산의 무리로는 살지
않기를 간구하였습니다. 새 생명으로 태어나기를 웅녀처럼 인내하였습니
다. 어느 뭍으로 가서 가난한 연인의 눈물에 3%나마 기여를 하고 부정을
쫓아내는 희생을 감수하며, 거창한 삶이 아니라 소박한 곳곳에 녹아, 생활
에 스미는 작은 역할이고 싶었습니다. 겸손만이 미덕인 줄 알고 낮은 데
로, 에너지가 낮은 데로만 흘러온 곳에서 자유로운 방향성을 획득하려 했
습니다. 그러나 바다의 길은 너무 멀고 세월은 끝이 없어서 늘 흐르고 있
습니다.

　단맛이 나는 소금, 소금을 달게 만드는 염부의 땀을 혀에 녹입니다. 가
장 낮은 곳에서 몸을 얻어 세상의 빛이 되는 언어, 내 소금별은 늘 저만치
에 있으려 합니다. 영원히 썩지 않는 푸른 눈으로.*

버드나무 편지

두 달 후면 나도 외할미가 된다. 할미는 할머니가 된다는 것과는 좀 다르다. 임의대로 얼핏 쓰는 사투리거나 호칭을 줄이고 늘이는 차이가 아니다. 할머니라는 말에 어머이가 어느 정도 섞여야 '할미'가 된다는 게 내 생각이다.

외할미는 할머니보다 좀 외롭다. 옆으로 살짝 비켜나 있는 맛이다. 그럼 얼마나 멀어나 있어야 하나? 산 모롱이를 두어 개 돌아 강 건너 마을이거나, 바다가 보이는 산길로 해거름쯤에나 닿을, 그런 곳이라 할까. 못해도, 두어 마장 정도 멀어져나 있는, 눈 감으면 보이는 그쯤에나 있다. 자갈길 흙먼지 길이 사라진 현대라 할지라도, 최소한 버스로 시오리 길, 기차로 삼사십 리 가는 길이면 더없이 좋겠다. 아무튼 외할미라는 말 속에는 푸른 버드나무가 살아 있어, 외가로 가는 길에 긴 방천을 따라 버드나무 풍경이 지나가는 것이다.

방학이리야 맛보는 차타기였다. 걸어다녀야 하는 따분함 지루함이 해소되는, 오랜만에 내다보는 풍경들. 뒤로 자꾸만 휙휙 지나가는 산, 들, 키 큰

미루나무가 요즘의 영화들보다 훨씬 더 감상적인 영상물로 살아 있는 곳, 그쯤에 외할미가 있다.

일하다가도 혼자 중얼거리며 멀리 신작로를 물끄러미 내다보시기나 하던 외할미. 상추 옆에 쑥갓, 쑥갓 옆에 아욱, 그 옆옆으로 겨자 마늘 부추 실파 ……. 무성한 이야기를 가꾸는 바람결에도 사이사이 꽃이 되고, 어느 사이 씨가 되고, 그새 다시 새싹이 되는, 텃밭이 꽃밭 같은 뒷마당이 있는 외할미의 땅. 돌아 나온 마당을 쓸며 풀을 뽑고 걸릴 법도 아니한 모난 잔돌 하나라도 골라내시며 기다리시는 외할미가 내게는 계셨다. 시렁 틈에서 고분고분 접힌 종이돈이 꼬깃거리는, 무엇 하나까지도 진정으로 접고 펴시는 당신 스스로 '할미'가 되던 나의 외할미.

딸이 보내는 기쁨처럼, 딸이 보내는 슬픔처럼 그리움처럼, 샘물처럼 손님처럼, 바람우표가 붙은 버들편지, 반가운 글월이 도착하리라. 드디어 기다리던 편지가 버스에서 내리면 덥석 받아 안으신다.

"그래, 에미 아픈 데는? 아부지는? 엥가, 오래비, 니 동상들은? 선상님 말씀 잘 듣고 핵고 잘 댕기고?"

쓰여 있지 않아 답하지 못하는 것, 여백이 많아 말하지 못하는 마음까지 정으로 읽어내시던 분. 너무 들떠서 삐뚤빼뚤한 글씨와 멀미로 띵해져 두서 없이 써지는 문장도 잘 알아보셨다. 며칠 후 집에 가면 엄마가 또 앉혀 놓고 읽을 편지를 보듬고 달빛에 잔잔한 글씨를 놓으셨다.

우주를 유영하듯 즐기던 태중, 거기서 내려와 가슴에 안기고 등에 업히던, 그렇게 좋던 ㅎ시도 잠시다. 원초적인 호시를 잊어가는 일이 자란다는 의밀까. 뛰고 구르고 벅수를 넘고 나무재주를 부리고, 높은 데서 뛰어내려도 보고, 별별 짓을 다 해 보는 것이 잊기 위함이었던가. 날개냐 발이냐, 비상이냐 직립보행이냐를 놓고 신과 인간 사이에서 선택의 고민도 많았을 것이다.

중력을 거부하고자 하는 욕망, 그 때문에 인간은 더 멀리 더 높이를 가슴에 품고 끝없이 날아오르고자 한다. 그리하여 태중에서처럼 우주를 유영하고자 한다. 그러는 사이에 이름없는 어느 강가에 가서 여인은 푸른 버들로 선다. 해와 별과 바람을 이슬에 적서 흘러가는 우주의 도상圖像을 정精으로 잉태하는 버드나무로.

가까운 날에 나도 새로운 그 도상을 읽어야 하리. 그때처럼의 언문이 아닌 한글로, 버드나무로 젖으면서 읽으리. 버드나무로 젖으면서 답장도 놓으리. 이파리 팔랑거리고 띠 소리 추임새 넣어가면서.

요즘은 친구들 앞에서 버들편지 이야기를 무심이라도 자랑했다가는 퇴출당하는 불문율이 있다던가. 한동안은 만 원짜리 한 장 내놓고 면책특권을 누렸다는데, 이젠 사임당 권 서너 장 자진납부하고야 겨우 발언권을 허락 받을 정도라니. 삭막한 세태다.

그래도 도리 없다. 제가 당해봐야 알지. 봄 버들에 꾀꼬리 소리 절로 피면 눈이 새금새금 감기는 걸 어쩌겠는가. 귀엽고 예뻐, 죽고 못살겠는데, 퇴출이 겁나 입 다물고 있으려 해도 그게 잘 될지는 나도 의문이다. 그때쯤이면 나날이 피어나는 버들개지에 웃음을 참느라 자꾸 입이 빼또롬해질 이 얼뜨기 외할미가 참 우습겠다.

우주의 언어로 도착할 첫 편지. 새삼스레 서툴고 낯설기만 할, 먼 곳의 어느 이야기가 담겼을 편지가 자못 궁금하다. 퇴화 된 이 외할미의 글로는 알 수 없을 새로운 언어. 못 읽어내서 아마 한동안은 너를 울리기도 할, 우왕좌왕 한심스런 모습도 보이겠지. '요즘은 하도 오는 편지가 귀한 세상이라서 ㅋㅋ' 이런 얄궂은 변명을 대기도 하면서.

벌써 보들보들한 발을 만지듯하다. 배냇손도 느낌으로 쥐어본다. 실감이 안 온다. 꿈결만 같다. 그날이 가까웠는데 어쩌자는 건가. 이 어쩔 줄 모름을 위해 냇물에 그림 그리는 여름날 해거름 그늘이라도 돼야 할거나.

저엉 못 읽어 쩔쩔 매고 있으면 외할미의 외할미가 당신이 쓰시던 해례
도解例圖라도 빌려주실 게다. 내리내리 빌려주고 받는 일이 인자로 유전되
는 외할미가 아니던가. 우주가 보낸 어떤 문자도文字圖도, 그 여백까지도 돋
을 새김으로 읽어내시던 우리 외할미의 봄바람이…. 나는 참 따뜻하다.*

하고 싶은 일을 한 가지 두 가지 적어보는 것만으로도 얼마나 행복한 내 인생의 보너스일까를 생각하게 한다. 잡힐 듯 잡힐 듯 잡히지 않는 나비는 무더운 여름날이지만 꽃봉오리도 채 맺지 않은 가을의 국화를 위해서도 화려한 날갯짓을 하는 예쁜 모양새를 본다.

이명선

- sun493@daum.net
- 010-3790-6840

다섯 평 방안의 장날 / 설 / 내 남은 생애 해 보고 싶은 일

다섯 평 방안의 장날

마주친 승용차 두 대가 겨우 피해간다. 아스팔트는 깔렸지만 이 좁은 샛길 가에 선, 키 작은 은행나무들은 아직도 비쩍 마른 몰골이다. 교회당이 있는 저쪽 널찍한 인도에는 그나마도 없다. 상가의 간판들은 시야를 가리는 가로수를 좋아하지 않기 때문이다.

바람이 바람났나 보다. 이 나뭇잎 저 나뭇잎 마음대로 그러안았다가 후루룩 휙 달아난다. 왜 그래? 이잉─. 나무가 몸을 흔들며 안타까워한다. 나도 바람 따라 나무 밑을 지나간다.

경로당. 명색이 2층 건물이다. 아래층엔 할머니들만 모이고 위층엔 할아버지들만 모인다. 남녀칠세부동석을 넘어 남녀팔십부동석인 것이다. 그래도 거우 댓 평 될까말까 한 이 쪽방이 노인들에게는 천국이나 진배없다.

할머니들은 혀도 잘 돌아가지 않는 '에어컨' 바람까지 들어와 여름더위를 모르게 만든다. 겨울에는 보일러 돌아가는 소리가 돈이 날아가는 것 같이 애가 타서, 집에서는 손이 잘 가지 못하는 스위치도 하나만 누르면 따뜻하게 누워있을 수도 있는 곳이다.

가족이 있어도 식사하시라는 한 마디 말밖에 들어볼 수 없는 집이지만 이곳에는 말벗이 있다. 하루 화투밑천으로 500원이면, 아웅다웅하면서도 풍족하게 몸과 손 운동도 마음 놓고 할 수 있다.

그 뿐만인가, 마음 내키면 손 모아 떡국도 끓여먹고, 누구의 생신날이거나 집안에 경사나 제사라도 있는 뒷날에는 누군가 밥한다고 덜컹거리지 않아도 되는, 편안한 휴식공간이다. 건너편에 있는 교회도 그렇지만, 무슨 단체에서 방문이라도 오는 날은 노랫가락이 절로 나는 청춘이다.

할아버지들이야 어쩌다 지팡이 하나를 짚고 오시는 분이나 있어 2층 신발장은 할랑하다. 할머니들의 신발장은 어지럽도록 비좁다. 오고 가는 길이 힘든 건 할머니들이다. 두 발로 절뚝절뚝 걸어오고, 지팡이 짚으며 발을 끌면서 오고, 유모차에 두 손을 잡혀 흐느적거리며 걸어온다. 마치 숙명이나 되는 것처럼 초연한 표정으로, 성치 못한 몸을 이끌고 온다.

이 야단스러운 휴식처를 음료수 몇 병들고 어떤 젊은이가 들어섰다. 흰 와이셔츠에 하늘색 넥타이를 매고 함박웃음을 풀어놓는다.

"안녕하셔요? 할머님들."

날마다 출근이라도 하는 사람처럼 윗저고리를 벗어놓고 친절하게도 할머니들의 어깨를 두드리며 주물러 드린다. 그러고는 들고 온 가방에서 허리띠를 꺼내어서 전을 펴면서 설명이 시작이다. 가볍고, 부드럽고, 밑 부분 선이 받혀주어서 단단한데, 비싸지 않다는 달디 단 말솜씨로 구부러진 허리를 가지신 어르신들의 귀를 가득 채워놓는다. 원래 재료비야 한 3~4천원 정도 들었을 것 같은데 열 배나 올라갔다가는 1만 원짜리로 둔갑시켜 놓는다. 횡재한다는 말로 오직 사야 되겠다는 요술을 걸어 할매들의 줌치(주머니)를 열게 만든다.

잡상인 출입금지.

이런 팻말도 없는 경로당에서 벌어지는 이런 일이 요상한 꾼들에게는 귀한 정보가 되는가. 기억에서조차도 가물거리(는) 던 그 아지매가 넉살 좋게 우슴시로 방문을 했었다.

오래 전에 시장바닥에서 쇠고기란 고기는, 호주 것도 국산. 미국 것도 국산. 우리나라 것도 물론 국산이라며 돼지고기 곰거리. 횟감은 간과 처녑까지 잘도 팔았다.

둥그런 줄에 칼을 문질러가며 신나게 두들겨가며 썰어대는 정육점을 차려 식구 걱정하는 아낙들의 주머니를 털어내어 두둑한 돈 주머니가 아파라 할 때쯤 구름 저편으로 떠나버렸다던 여인이다.

그도 역시 큰 가방을 하나 들고 왔는데. 주머니가 달린 팬티를 내어놓고는 눈웃음을 야실거렸다.

"우리 엄마들 지금쯤은 손에 쥐고 다니는 지갑도 놓아버리기 일쑤고. 돈이 생겨도 놔둘 곳도 마땅찮고 안 그렇십니까. 내가 그 걱정거리 싹 없애 드릴라고 이리 왔다 아입니까. 어렵게 한 푼. 한 장 모아둔 적은 돈이라도 지금 엄마들에게는 그게 힘 아니겠심니까. 돈을 여기 넣고는 아랫도리에 힘주고 다니시면 됩니다."

애교 만점 웃음보따리까지 선사하는 바람에 너도나도 색깔별로 몇 개씩 사고는, 결국 여자는 빈 가방을 들려 보냈다.

우리 엄마도 여섯 개를 사 오셨단다. 엄마는 그 문제의 팬티를 내어 놓으시며 나더러 가져가란다. 팬티를 집어 들고 살피다가 깔깔대고 소리 내어 웃었다. 어디 주머니 달 곳이 없어서 팬티에까지 주머니를 달았을까. 그것도 지퍼까시 채워시 말이다. 기막힌 아이디어에다가 알맞은 소비자를 찾아다니는 전략 또한 기막히다.

할머니들께서는 호감이 가기도 공감이 되기도 하셨을 것 같아 빈 가방으로 보내면서도 웃으셨을 장면이 떠오른다. 할머니들이 기막히게도 비상금 두는 장소를 마련한 것이다.

여행 좋아하는 딸내미. 어딜 다닐 때 입고 다니라는 말씀에 여태껏 변변히 효도 한 번 못했는데 엄마 돈 들여서 사 주시는 것, 가져오는 것으로나마 효도라도 해 보자며 2개를 가져왔다.

젊은이들의 취향 따라 번쩍거리고 포장 잘된 물건들만이 춤을 추는 세상인 것 같지만, 노인네들의 주름진 얼굴에 미소 짓게 만드는 것들도 있다. 옷섶 여미며 연민을 느낀다.*

설

세 살짜리 딸아이에게 브랜드 옷을 입혀준 엄마는 흐뭇하다. 여섯 살 난 아들이 천 원짜리 지폐를 흔들며 즐거워한다. 여덟 살 머시마는 오천 원짜리를 들고서는 내일 떡볶이 먹고 게임할 생각에 신난다. 중학생 딸아이는 만원 한 장을 쥐고서도 마땅찮은 표정이다. 립스틱 한 개 사기도 부족하기 때문이다. 열일곱 살 여드름 솟은 아들이 만원 두 장을 머리 굴린다. 큰 대大자와 배울 학學자를 붙인 아들은 좋소이다 좋소이다, 신사임당이 많으면 더 좋소이다. 벌써 배낭을 챙긴다.

한 해를 보내는 마지막 날이라서 그럴까. 별스레 깜깜하고 별은 빛나 괜히 마음이 숙연해진다. 오린 한지를 돌돌 말아서 심지를 만든다. 조그만 종지에 들기름을 붓고 심지를 세워서는 성냥불을 다린다. 하얀 밥주발에 쌀을 담는다. 쌀 위에 심지 불 종지를 앉힌다. 그걸 솥 안에 안치고는 소댕을 눈시울만큼 열어놓는다. 초롱불을 켜서는 소 마굿간에, 정지에, 장독대에 얹어놓는다. 밤이 새도록 불은 꺼지지 않고 아침까지 어둠을 쫓는다. 불 밝히고 밤을 새워야 하는 섣달 그믐날 밤, 잠들면 눈썹이 하얗게 세어

버린다는 어른들의 엄포에 아이들은 졸리는 눈을 비비며 견딘다. 그렇게 색동옷 입고 설날 아침은 왔다.

동그란 몸뚱이에 하얀 심지가 박힌 초가 산골짝에도 들어왔다.

할아버지께서, 개는 주둥이가 따뜻해야 되고 사람은 발이 따뜻해야 잠을 잘 잘 수 있다고 하셨다. 촛불을 켜고는 바람에 질세라, 손을 가리고 소에게로 간다. 소는 등이 따뜻해야 된다면서, 할아버지께서 손수 짜서 얹어 준 등거리가 바로 입혀져 있는지 살펴준다.

올 한해, 언덕길로 무논 가운데로 수레바퀴 돌리느라, 회초리 맞아가며 지구를 몇 바퀴 돌았을 걸음 걷노라 수고했다. 제 몸 녹여 빨간불 피워 올리는 이 촛불 밝히고 애잔한 마음 미안한 마음 보낸다. 마구간에 등이 달리면 소도 설날을 아는 것이다. 눈을 껌뻑거린다.

어머니는, 뜨겁고 또 뜨거워도 온몸 들썩이며 소리 없는 울음 토하기를 골백번도 더 했을 솥뚜껑을 하늘 향해 눕힌다. 목숨 수壽자가 드리워진 밥 주발에 쌀 담고 초 세워 불 밝힌다. 환한 꿈꾸며 손 모아 고개 숙인다. 엄마의 한恨도 같이 담았을 박 바가지에 쌀 담아 촛불 켜고 장독대에 올리며 손을 비빈다.

곳간에도 마루에도 불 밝히니 선반 위의 쌀강정이 웃는다. 세 칸 방마다 환히 불 밝혀 놓고 조상들께 감사하며 지혜로운 길 따라 올 곧게 살아가길 염원하는 의식은 분잡하지 않다. 조용이 조용히, 밤이 깊어지면 더 엄숙해진다.

엿 고으고, 참기름 짜고 전 부치며 지지고 볶고, 종종걸음 하면서 기다리던 날들은 얼레에 감기어갔나? 세뱃돈 주고 싶은 녀석들 얼굴 떠올리며 지폐 맞추어 놓고 기다리는 설날은 작아진 키만큼이나 주름져 버렸다. 이제는 심지 꼬아 기름불꽃 피울 일도 없다.

촛불 세워 바람 가릴 일도 없어졌다. 백 촉도 더 되는 전등이 집안 처처에 대낮처럼 달려 있는 세상이다. 그런가? 이젠 오히려 밝아서, 우리는 밝음을 잃어버렸다. 그것이 얼마나 숭고한 의식인지도 느끼지 못한다.

설날 아침이다.

'할아부지 세배 받으이소.'

맑은 북녘 하늘에 살포시 세배 드린다. 덕담이 구성지다. 궤짝에서 곶감 한 개 꺼내주시던 손길이 따사로와 포만감에 가슴 끌어안았다.

석양 같은 넉넉한 웃음 그리워 목젖이 떨린다.

그런 날이 있었다. 오손도손 사람냄새 나는 설날, 오지게도 기다렸었다.

인간에게 기다림이란 길이 아니던가.

갈증이 되기도 희망이 되기도 하는…….*

내 남은 생애 해 보고 싶은 일

일단 숨부터 한 번 쉬고 봐야겠다. 여고 2학년일 때, 학교수업 중 쉬는 시간에, 우리들 또래보다 나이가 세 살이나 많은 친구가, 느닷없이 애들아, 너희들 중에 뽀뽀해본 애들 있니? 라고 물었다. 여기저기 쑥덕거리며 떠들던 교실의 친구들이 갑자기 조용해져 버렸다. 다들 눈을 동그랗게 뜨고는 그 친구에게로 향했다.

물론 대답을 하는 친구도 없었다. 그러는 너는, 경험이 있느냐고 물어보는 아이도 없었다. 그 친구의 입만 쳐다볼 뿐이었다. 내 혀를 남자 혀의 아래로 보내기도 하고, 남자 혀가 아래로 가기도 하면서 눈을 자연스럽게 감고 살짝 입술을 빨아보면 그 맛이 얼마나 달콤한지 모른다고 천연덕스럽게 설명을 해 주던, 언니 같은 친구의 말이 마흔을 훌쩍 넘긴 어느 날, 가슴속에서 스멀스멀 올라왔다. 그땐 언젠가는 나도 그 달콤하다는 맛을 맛볼 날이 있겠지 싶어 피식 웃었다.

지금은 그런 짓(?)이라도 하려면, 분위기라도 조성되어야만이 할 수 있다는 것쯤이야 알기에, 서로 마주보며 시시껄렁한 이야기에도 깔깔거리며 웃을 수 있고, 손을 잡으면 따뜻함이 전달되는 내 사람 정도는 돼야 되는 것이기에, 그 달콤한 맛보기가 인생에 있어 얼마나 어려운 것인가를 아는 것이다.

아직도 내게 남아있는 순수함과 순정과 열정을 마음껏 쏟아내고나 참맛을 논해야 할지 모른다. 외롭다고 앙탈부릴 때는 허허 웃음 웃어주며, 울고도 싶을 때 붙잡고 실컷 울어도 어깨 톡톡 두드리며 작은 손수건으로 눈물 살짝 닦아주는, 그런 사랑 찐하게 욕망하는, 여인이란 백 살을 먹어도 사랑에는 늘 허기를 느끼는 동물이라니. 자연이랑 교감하면서 작은 풀잎들과도 속삭이는 여유로움과 순박함이 있고서야 그 참 맛이란 걸 알 수 있을 것이다. 그 나이에 무슨? 하고 웃는 사람도 있지만, 그까짓 나이란 거? 내가 잊으면 될 것이고, 상대방도 손꼽아 헤아리지 않으면, 시간이란 놈도 어이없고 멍해져서 가던 길 잊어먹고 멈추어서 숨죽여 줄 것이다.

버선코 살짝살짝 내밀며, 머리 위의 그림자 향해 하늘 향해 그리움의 몸부림을 손끝으로 표현하는 춤사위를 그려본다. 영혼까지도, 머리에서 발끝까지 같이 움직이는 온전한 나르시스가 되어, 온몸의 들썩거림으로, 나를 황홀경으로 몰아넣는 천사의 몸짓이 될 것 같기에, 달콤한 맛의 반열에 압권한다.

쓰다가 지우고 또 써 보고, 써 봐도 기쁨을 노래하고 아픔을 달래고 마음을 전달하는 글은 나오지를 않는다. 머리가 도대체 위에 있나 발바닥에 있나 안달하고 얼굴 붉어지면서, 가슴이 납납해 오고 막막해 외도, 또 글을 써보는 행위는, 우리시절 여고 2년에 달콤한 키스해 보기보다 어렵다.

여태껏, 내가 살아온 생활의 버팀목이 되어 외로움에 거친 숨 몰아 쉬는 그 가슴 달래주는, 유일무이한 친구이기에 생生의 마지막 순간까지도 글맛을 알아보기로 마음먹는다. 남은 시간들일랑 철저하게, 나 자신을 위한 삶이 되기를 원한다. 이 지구에서 오직 하나뿐인 귀한 존재이면서 우주이고 나와 닮은 꼴도 세상엔 없거니와, 나를 위해 자기 삶의 어느 한쪽도 내어줄 사람도 없을 것이기에.

세 명쯤이면 좋을 지인과 파도소리, 계곡물소리 찾아서 오고 가며, 바보같이 살아온 지난날에, 똑같이 한 줄 획 긋고 하늘에 수많은 잔 별의 사연 따라, 그곳에 갈 날도 담담히 노래하는 가슴 닮은 사람과 2박 3일을 함께하며 웃을 친구, 영원히 나와 함께 할 친구를 가진 자는 행복하지 않겠는가. 내가 먼저 소풍 끝내고 우리들의 본향으로 돌아가는 날에는, 아마 이 단짝 친구와는 서로의 가슴에 아름답게 새겨진 멍울들이 터져서 울컥울컥 올라오는 통곡을 할 수 있을 것이다. 남 눈치 아랑곳없이 영감을 자아올리는 내 단짝이랑 찐하게, 정말 세상 멋있고 신나게 즐거웠노라고.

연필심에 침 묻혀 가며 한자 한자, 꼭꼭 눌러써서 숙제를 해 가던, 초등학교시절의 그 숙제보다도 훨씬 어려운 문제인지라, 마음도 많이 내어주어야 되겠고 정답이 없을 것 같지만, 세월의 무게에서 좌판을 펴 보면, 어느 한 귀퉁이에서 답은 빙그레 웃을 것 같다.

숲 속에서는 보이지 않던 장끼가 푸드덕 솟아오르고, 그 소리에 놀란 작은 새들이 노래를 시작한다. 짝을 찾는 울부짖음인지 노래인지 모르겠지만, 산이 요란스럽다. 먼 산의 메아리가 웃음 토하고, 조각구름이 가리개 해 주어도 부끄러움 모른 채 기지개를 켤 것이다.

하고 싶은 일을 한 가지 두 가지 적어보는 것만으로도 얼마나 행복한 내 인생의 보너스일까를 생각하게 한다. 잡힐 듯 잡힐 듯 잡히지 않는 나비는 무더운 여름날이지만 꽃봉오리도 채 맺지 않은 가을의 국화를 위해서도 화려한 날갯짓을 하는 예쁜 모양새를 본다.

머리 위에 장식되어지는 하얀 찔레꽃이 예쁘고 앙증맞다. 들어간 숨 뱉어내기 운동의 평범하고 중요함이, 머리를 한방 쥐어박아 보지만 내일과 내일은 또 오고 올 것이다.*

가까이 지내던 사람도 마음 실컷 써주고 나면 배반을 식은 죽 먹듯 한 인간이
어디 하나 둘이던가? 의리가 아니라,
눈곱 반만큼도 사리가 없는 인간들이 차례로 떠올랐다.
그런 인간들에 비하면 참 아름다운 삶을 사는 나무가 아닌가.
나무가 아니라, 정말 사람답게 살지 않는가. 나는 즙에 든 열매를 꼭 쥐어본다.

이영달

• lyd6858@hanmail.net
• 011-552-1451

녹차씨 따기 / 승마 / 고집 센 신부의 노래

녹차씨 따기

"**나** 하고 녹차씨 따러 가자."

"녹차씨? 녹차나무도 씨가 있어?"

나는 어리둥절하였다. 친구가 웃었다. 녹차씨를 베갯속으로 쓰면 머리가 맑아지고, 노화방지, 치매 예방, 진정효과도 된다는 등, 그 효능을 한참 늘어놓으면서 덧붙였다.

"수고비는 못 준다. 대신에 네가 얼마를 따든, 반 갈라먹기 하자."

녹차열매가 어떻게 생겼는지 궁금하기도 하고, 베갯속으로 쓰면 그저 그만이라는 말에 귀가 솔깃했다. 게다가 반을 그저 가지라지 않는가?

산청에 도착했다. 가을이다. 화가가 물감으로 그림을 그린 듯 단풍이 산 꼭대기에서 골짜기로 내려오고 있다. 들녘엔 가을걷이가 바쁘다.

녹차 밭이라는 것이 감나무만 없었다면 얼핏 보기엔 풀밭 같았다. 친구는 하우스에 가더니 장갑과 앞치마 깔판을 챙겨왔다. 앞치마는 그냥 앞치마가 아니었다. 큰 주머니가 하나 달려 있고 주머니 밑에는 지퍼가 달려 있었다. 깔판은 손가락 하나 길이만한 두께에 넙적한 밴드 두 개가 붙어 있었다. 두 줄을 허벅지까지 끼워 올렸다. 둥근 깔판이 엉덩이에 붙어 다닌다. 남이 보면 내 모습이 생뚱맞고 꼴사나워 웃길 것 같았다. 전쟁터 나가는 용사 못지 않게 준비는 완벽했다.

　말이 밭이지 잡초가 뒤덮고 있어 녹차나무가 주인을 잘못 만났다는 생각이 들었다. 녹차 밭으로 갔다. 나무에 핀 꽃은 하얀 입으로 휘파람을 불고 있는 듯했다. 보통 꽃나무와 달리 꽃을 피우면서 열매를 맺는 모양이다. 꽃은 위에 피어있고 열매는 밑에 달려 있어 예사로 보면 녹색인 열매는 잘 보이지 않았다. 평소에 녹차나무를 더러 봤으면서도 열매를 보지 못한 이유가 거기 있었다.

　녹차 열매 따는 것쯤 아무것도 아니다 생각하며 시작한 일이 호락호락하지 않았다. 앞가르마를 타듯 나무를 제켜가며 앉아서 따기도 하고, 서서 따기도 하고, 손이 부지런을 떤다. 주머니가 제법 무겁다. 뭐가 발에 우두둑 떨어지는 느낌이 들어도 나무에 달렸던 씨가 수확이 늦어 떨어지는 줄만 알고 열심히 따 담았다. 그게 아니었다. 헛손질을 하고 있었다. 주머니가 어느 정도 차면 위가 안으로 고개가 숙여져서, 주머니 밖인 줄도 모르고 담았다. 또 깜빡 지퍼를 채우지도 않고 따는 데만 정신을 쏟고 있었다. 자꾸 열매가 두두둑 떨어지는 게 이상해서 살펴보면 구멍 난 주머니에 자꾸만 따 넣고 있는 것이었다. 내가 살아온 날들이 이렇게 살았지 싶다. 밖으로 안으로 새어나가는 줄 모르고 열심히 노력하며 산 세월이 이랬다. 풀 사이에 흘러 버린 열매줍기는 따기보다 더 어렵다.

　녹차 열매는 은행 알 크기만 한데 껍질 안에 청미래 만한 알맹이가 있었다. 그 모양과 색깔은 커피 알갱이를 닮았다. 커피 알갱이 같은 열매로 베개를 만든다. 그 알갱이 안에 말랑한 씨앗이 있다. 쉼 없이 하루 내내 부지런히 딴다 해도 베개 하나 만들기는 어림없다. 15kg 따면 알은 겨우 2kg정도 된다. 그래야 겨우 베개 하나 될까 말까다. 베개 하나에 2~30만원이라 해도 돈을 주고 사는 게 나을 것 같기도 했지만 내 손으로 귀한 열매를 따서 손수 베개를 만들어 벤다는 재미가 더러 헛손질을 하면서도 즐거웠다.

녹차씨는 10월에 심어 그 다음 해 7월에 싹이 난다. 보리타작과 모심기를 끝내고 벼가 한창 자랄 때 싹이 난다. 싹 트는 데 열 달이나 걸리고 꽃이 피어 열매가 익으려면 12개월이 걸린다. 씨는 깊이 심는 것이 좋고 한 구덩이에 4~5 알씩 넣어야 된단다.

새싹이 나서 몸이 여물어지기도 전에 겨울을 맞는데, 혼자는 된서리를 맞아 죽기 일쑤여서 서너 개가 같이 싹이 나면 서로서로 덮어주고 체온을 나누며 힘을 모아 한 나무라도 살아남게 한다는 것이다.

'사람보다 백배 낫다.'

나는 눈시울이 찡했다. 가까이 지내던 사람도 마음 실컷 써주고 나면 배반을 식은죽 먹듯 하는 사람들이 어디 하나 둘이던가? 의리가 아니라, 눈곱 반만큼도 사리가 없는 사람들이 차례로 떠올랐다. 그런 인간들에 비하면 참 아름다운 삶을 사는 나무가 아닌가. 나무가 아니라, 정말 사람답게 살지 않는가. 나는 줌에 든 열매를 꼭 쥐어본다.

녹차나무는 원래 직근성이라 한다. 거름은 일체 하지 말아야 한다. 녹차의 제 맛을 내려면 뿌리가 땅으로 깊이 들어가야 되는데, 만약에 거름을 하면 잔뿌리가 위로 올라와서 녹차가 제 맛을 내지 못하게 된다. 아마 인공의 거름을 먹으면 시건방져지는 모양이다. 직사광선보다는 큰 나무 그늘이 있어야 잎이 부드럽고 좋다. 녹차 밭은 풀을 베지 않는다. 잡초가 거름기를 빨아먹게 풀이 나면 풀 나는 대로 그대로 둬야 한다. 더불어 나누고 함께 살면서 향취를 더하는 녹차나무, 그래서 녹차는 풋풋하면서도 향긋한 향을 낸다. 결코 화려하지 않은.

친구가 게으른 듯 흔해 빠진 풀약 하나 치지 않고 잡초밭으로 방치해 놓은 것도, 남들처럼 아침저녁 이슬을 가려가며 잎을 따는 일도 묵혀 버린 데는 다 그런 이유가 있었다. 그뿐이 아니었다. 대잎과 솔잎이 항시 푸르다 해도 대나무는 5월에 새잎이 나고, 솔잎은 다음해 가을이 되면 단풍 들어 갈비 된다. 그러나 녹차는 다른 잎들이 가을을 준비할 때 싹을 틔우고, 한번 핀 잎은 일생 동안 단풍 드는 일도 없다니.

　씨가 주렁주렁 달렸다. 알고 보는 눈에는 더 탐스럽고 대견한 열매들이다. 손에 잡히는 체온이 다정하다. 이런 녹차나무 열매로 베개를 만들어 베면 얼마나 아늑하겠는가. 타국에 사는 우리 아이들에게도 만들어 줘야겠다. 녹차나무와 같이 변함없는 지혜로 고향 한국을 잃지 않아 가기를 바라는 마음을 담아서….

　　파랑 파랑 파랑 열매 익어 녹차씨 따네.
　　한 줌 두 줌 모여서 광주리에 반이 넘네.
　　가을볕에 곱게 말려 베개 만들면 두둥실 베개에 달이 뜨겠네.
　　우리님 고운 얼굴 달이 뜨겠네.

　나는 나도 모르게 흥이 났다. 열매 따는 손이 가락을 탄다.*

승마

내가 말에 관심을 가지게 된 것은 말을 타러 다니는 친구를 만나고부터였다. 어쩌다 TV에서 경마를 볼 때는 우리서민들이 할 수 있는 스포츠가 아니라는 생각을 했다.

대학에 마사트랙과라는 것이 있었다. 환갑이 되어 가는 나이에 어디 취직할 것도 아니고 출세를 할 일도 없으니 공부보다는 건강을 챙길 나이다 싶으면서도 입학을 했다. 축산경험이 있어서 그쪽이 편할 것 같아서였다. 그리고 목장 한 경험이 도움 될 것 같아서 농장에 아르바이트를 하기로 했다. 다행이 기회가 주어져서 지금도 딴엔 열심히 하고 있다. 그러나 소와 말은 전혀 달랐다. 같은 것이 있다면 사료 주는 것과 배설물 치워주는 것 정도이다.

우리 현대인들이 사회를 살아가는 데 기계문명과 전파로 인해 인간의 본성을 잃어가고 있기 때문에, 생명이 있는 동물과 같이 하는 운동이 정신적 도움이 되므로 승마를 하는 것이라 했다. 또 신체발달과 올바른 습관으로 평형성을 유지하며, 대담성과 건전한 사고력을 키울 수 있다고 한다.

경마는 말과 기수가 일체가 되어 우승을 가리는 스포츠이지만, 승마는 보통사람들도 아무나 배우고 탈 수 있는 운동이라 했다.

동시에 승마는 담력을 키워주고, 폐활량이 늘어나며, 장 기능이 튼튼해지고, 관절염을 예방해 줄 뿐만 아니라 신체리듬감을 길러주고, 허리가 유연해지며, 상체를 교정해 준다고 한다.

말은 겁이 많고 쉽게 놀라며, 적이 나타나면 싸우기보다는 도망간다고 한다. 동료말의 나쁜 행동을 모방하려는 습성이 강하며. 귀소 본능이 있어 어떤 경우에도 자기 집으로 찾아가려는 욕구가 있다고 한다. 한 번은 우리 농장에 사육하는 이름이 피스인 말을 타고 외선 나갔다가 내가 잠깐 한눈을 파는 사이 주인은 염두에도 없이 줄행랑을 놓았다. 농장에 와 보니 피스가 마구간에 와있다. 말도 외로움을 많이 탄다더니….

내가 처음 농장에 갔을 때 말이 7마리가 있었다. 선두카, 하루, 럭키맘, 피스, 제우스, 아가씨, 청둥이였다. 럭키맘은 하루와 청둥이를 낳은 엄마였다. 각자 이름이 다 있는데, 그나마 쉽게 알아볼 수 있는 것은 얼룩말인 하루였고, 럭키맘은 눈에 눈물이 흐르고 눈곱이 끼였다. 닦아주며 보니 한쪽 눈에 멍씨가 박혀 있어 알아보기 쉬웠다. 선두카는 낙인이 찍혀 있고, 청둥이는 아직 어린 말이었다. 아가씨는 새끼티를 겨우 벗은 말이다. 그러나 피스와 제우스는 너무 닮아 피부병이 없는 말은 제우스라는 걸 알 수 있었다. 피스는 모기에 약한지 가죽이 여드름이 난 것처럼 흉했다. 여름이 지나면 괜찮아진다 하더니 지금은 제우스, 피스가 똑같아 보인다. 특징이 있는 밀이 아니니 유 성으로 알아볼밖에 없다

날씨가 풀리고 햇볕이 좋아 말을 단체로 운동장에 내놓았다. 우리 말 일곱 중에 하나인 하루의 새끼를 꽃님이가 가졌는데 다른 말이 꽃님이 곁에 오지 못하게 하루가 따라 다니며 관리를 한다. 다른 말들이 자기보다 큰데 겁 없이 색시 보호하느라 신경을 곤두세운다.

꽃님이가 곤양으로 가고 나서 그 빈 자리가 허전한지 하루가 럭키맘에게 구애를 한다. 짐승이라 제 에미를 모르는 것일까? 안타깝다. 흉측한 건 하루만 그러는 것이 아니었다. 선두카도 시도 때도 없이 연애를 하려고 한다. "선두카, 체면 좀 차려 부끄럽다야" 했지만 말귀에 경읽기였다.

선두카는 훈련한답시고 곤양에 보내졌다. 얼마 후에 돌아왔을 때는 살이 빠지고 부석했다. 훈련하느라 힘들어 그리 됐는지 모르지만, 전에 하던 그런 짓은 하지도 않는다. 사람이나 말이나 힘없으면 불쌍해 보이는가 보다. 다행이 먹는 것이라도 잘 먹으니 안심이 되었다. 실습시간에 교수님이 오셔서 선두카의 원인은 후구병일 수도 있고 기생충일 수도 있고 바이러스일 수도 있다 하셨다. 후구병은 전염병은 아닌데 모기나 파리에게 물려서 생길 수도 있는, 혈관이 막힐 수도 있고 탈수증까지 생길 수 있다니, 장기간 치료가 필요한 것 같았다.

어느 날 백설공주가 농장에 오게 되었다. 처음 온 손님대접을 선두카가 심하게 했다. 뒷발로 찬 것이 공주의 앞다리 허벅지를 찬 것이다. 피가 주르르 흘러내리더니 한 이틀 뒤 다리를 절기 시작하더니 나중엔 상처 난 곳에서 고름이 흘러 내렸다. 왕년에 가축병원을 하셨던 분이 서울서 마침 내려오는 기회가 있어 농장에 들렀다. 고름을 짜내고 치료를 해 주고 처방전을 내어주었다. 소염 진통제로 투여해서 소독치료를 계속하라고 했는데, 나흘 치료하고는 하루쯤 쉬어도 될 거라 생각한 것이 낭패였다. 가실하던 상처가 다시 덧나 상처가 아물 때까지 치료하느라 교관님이 힘들었다.

농장에 일을 하게 되니 말 타기가 게으르다. 대주농장에서 배운 것도 잊어버릴 것 같아 진주 승마장에 입회를 했다. 기초라도 잊어버리지 않기 위해서였다. 오전에 승마장에 갔다 오후에 농장에 와서 일을 했다. 너무 바쁘고 힘들어 진주승마장에 한 달만 채우고 그만 두어야겠다 생각하고 있을 때였다. 우리 농장에서 말을 한 번 타보라는 말을 듣고 피스를 타다 떨어졌다.

 말은 앞쪽에서 천천히 접근하여야 되며 뒤에서 나타나면 발길질을 당할 수가 있다. 말을 끌 때는 왼쪽에 서서 고삐는 짧게 잡고, 따라가듯이 가야 한다. 말을 타기 전에 털을 깨끗이 빗어주고 발굽을 파줘야 한다. 말은 청각과 후각이 발달하여 먹이를 입술로 가려서 먹고, 귀는 쫑긋 세우고 작은 소리에도 민감해 귀를 돌리며 반응한다.

 말은 타는 순간부터 내리는 순간까지 긴장해야 하며 말이 놀라 팔딱 뛸 때는 고삐를 잡아 당기면 안 된다. 말을 탈 때 머리는 똑바로 하고, 턱을 편안하게 당겨야 한다. 눈은 앞쪽을 주시하고 땅을 보지 않도록 주의해야 하며 어깨는 힘을 빼고 팔은 자연스럽게 내리며 팔꿈치는 상체에 가볍게 붙이고 고삐 잡은 손은 흔들리지 않게 한다. 가슴과 등은 똑바로 펴고 상체에는 힘을 넣지 말아야 되며 발은 등자쇠 끼우고 다리는 약간 비틀듯이 안으로 붙이듯이 허벅지에 힘을 줘야 한다.

 이런 승마 수칙을 잘 지켰는데 허리를 다쳤다. 말에 오를 때 사뿐히 올랐고 헬멧도 착용했다. 안전 조끼도 입었다. 말을 심하게 다룬 것도 아니고 함부로 박차나 채찍을 사용하지도 않았다. 말에서 떨어졌을 때 고삐를 절대 놓지 말라고 했는데 고삐를 놓치고 말았다. 내가 다른 안전수칙은 잘 지켰지만 고삐 때문에 다쳤나 보다. 다른 말과 가까이 있는 것도 아닌데, 교관님이 잠깐 자리를 비운 사이 순간이었다. 내가 별로 탐탁지 않아서 감시자가 없는 틈에 슬쩍 떨어뜨린 모양이다. 병원에선 입원을 하라지만 책임감도 있고 입원할 처지가 아니었다. 별 것 아니다 싶은데도 농장에 나와 일을 하다 보면 허리가 아팠다. 그때사 내가 다친 사람임이 느껴졌다. 몸을 아끼지 않는 습성은 나이가 들어도 바뀌지 않는다. 또 엊그제는 하루 뒷발에 무릎을 차였다. 아직 붓기와 멍이 남아있다.

 농장에서 청소뿐 아니라 말 관리를 하다 보니 운동장에 내놓기도 하구,

털 손질, 조마, 모욕도 시키는데 사람 간을 보는 것 같다. 나는 말을 겁내는 것이 아니라 친근감을 가지고 편하게 대하며 말에 맞는 말을 조용조용하게 해 주는데 말을 잘 듣지 않고 억지를 쓴다. 얕잡아보는 것일까? 먹이를 주고 방을 치워주는 사람을 못 알아보는 것일까?

어떨까? 이것들을 매정하게 다루어봐? 하지만 마음같이 될 것 같지는 않다. 승마는 인마일체人馬一體라 했거늘, 언젠가는 말들도 나를 좋아할 날이 오리라 믿어본다.*

고집 센 신부의 노래

하루 24시간 중 반이 넘는 시간을 두살박이 손녀와 함께 한다. 미국에서의 생활은 그랬다.

아침에 일어나자마자 출근하는 딸부터 배웅한다. 그리고 며느리를 가게에 태워주거나 아니면 늦게 일어난 손녀를 태우고 며느리가 운영하는 가게로 간다. 가게에서 빵으로 아침을 간단하게 때우고, 집에 와서 아이를 어린이 집에 데리고 간다. 눈을 뜨면 어디로 가든, 하다못해 아이의 놀이터를 가도 자동차로 가지 않으면 안 되는 곳이라 잠자는 시간 외 차 안에서 보내는 시간이 많다.

아이가 낮잠이라도 자 주면 그나마 다행인데, 그렇지 않으면 오늘의 날씨에 대한 이야기로 시작해 유리창 밖에 보이는 풍경이나 옛날이야기, 부러 만들어 낸 이야기까지 해 준다. 투정부리지 않게 하는 것도 한계가 있다. 이야기가 동이 나고 나면 제대로 잘 하는 노래도 없지만 그나마 자신 있게 부를 수 있는 동요 서너 곡을 불러준다.

"할머니, 그만 해!"

이왕 꺼냈으니 두 소절이라도 채우고 싶었다. 손녀는 못 마땅한 목소리로

"할머니! 시끄~러~워."

짜증을 낸다.

'아이구 내 팔자야.'

장탄식이 목구멍까지 올라왔다.

내가 처녀 적에 남 앞에서 노래를 불러 본 기억이 없다. 결혼식을 끝내고 첫날밤이었다. 신랑의 우인 대표들은 신부의 노래를 들어야 한다며 노래를 시켰다. 상에 젓가락 장단을 맞추며 "쳐들어간다. 쿵자자 쿵작"을 해도 노래를 내 놓을 기색이 없자. 우인 대표들은 자기네들이 노래를 먼저 부를 테니 그런 다음에 부르라고 했다. 아마도 부끄럼을 많이 타서 그럴 것이라고 지레 짐작을 한 듯했다. 돌아가며 차례대로 흥겹고 구성지게 노래를 불렀다. 그 다음은 나도 꼭 노래를 부르고 싶었다. 가사를 끝까지 아는 것도 없지만, 이런 땐 첫 구절이라도 생각이 떠오르면 좋으려만. 긴장이 돼서 그런지 갈수록 생각은 밤길을 걷는다. 신부의 입은 천근만근이 되어 떨어지지 않았다. 결국 흥은 깨지고 하나둘 집을 나서며 수군거렸다.

"신부 고집깨나 세겠다."

노래 때문에 나는 억울한 누명을 썼다. 노래는 그 후로도 나와는 거리가 더욱 더 멀어만 갔다.

지금으로부터 한 15년 정도 됐나? 노래방이라는 게 생겼다. 사람들은 신나게 노래방을 드나들었고, 지금은 노래를 못하는 사람이 없을 정도로 가수가 다 되었다. 나도 즐거우면 즐겁다고, 스트레스를 받으면 받는다고 노래방을 찾았으면 내 실력도 한 단계 업 되었을지 누가 알랴. 기쁜 것도 슬픈 것도 없이 사는 성격일가 노래방 찾을 일이 없었다. 어쩌다 모임 같은 데서 친구들에게 휩쓸려 노래방엘 갈 때가 간혹 있었다. 그래도 노래는 부

르지 않았다.

어느 때인가. 학생 때부터 35년이 넘는 세월을 함께 하는 친구랑 어떤 모임에 갔다. 권유에 못 이기기도 했지만 우리 단짝인 삼총사의 힘을 믿고 생전 처음으로 노래방에서 노래를 불렀다. 그 무렵 노래방에서는 서비스 차원에서 손님들의 노래를 녹음해서 테이프를 나눠 주었다. 노래를 부르는 것만으로도 주눅이 드는데 녹음이 된다니까 더욱 힘이 들었다. 자막으로 나오는 가사를 보면서 어렵게 겨우 한 곡 불렀다. 그래도 놀림감까지 될 줄은 몰랐다. 믿었던 삼총사 중 하나가 내 노래 녹음테이프를 챙겨 자기 자가용을 타는 사람들에게 번번히 틀어 주었다. 친구는 내 노래가 나오기만 하면 한 손은 운전대를 잡고 한 손은 앞 바디를 두들기며 웃어 제친다. 내 노래를 들으며 그 차에 탄 사람치고 "이게 누구냐?" 안 묻는 사람이 없었다. 그는 나도 모르게 나를 비웃음의 대상으로 실어 날랐다. 내가 들어도 기운이라고 없는 것이 박자가 늘어진 테이프 시늉을 하고 있었다. 내 약점을 우스갯거리로 광고한 친구를 보며 '당했다' 싶었다. 35년 우정이라는 것이 허망한 껍데기같이 씁쓸했다. 그 뒤로 다시는 노래를 부르지 말아야 했었다.

노래방 기계도 한 단계 발전을 해서 노래 부르면 점수가 매겨져 나왔다. 모임에 또 갔다. 친구들 점수가 후하게 나오는 것을 보며 잘 부른 노래에 칭찬을 하며 박수도 치고 함께 즐거워했다. 나도 용기를 내 보자. 노래를 불렀다. 점수가 잘 나왔다. 한 친구가 마이크를 받아 들더니 진지한 표정으로 '기게 고장 났다?' 며 이것 저것 눌러 기계를 점검했다. 다른 친구들도 '기계 탓이 맞다' 는 듯이 한 술 더 떴다. 빨리 주인에게 이야기하란다. 그 뒤로 나는 노래에 더욱더 취미가 없어졌다.

며느리를 보기 전에는 딸과 함께 하는 시간이 많았다. 같이 있는 시간이 많다 보면 옛날에 안 보던 모습이 보일 때가 있다. 언젠가 딸이랑 있으면서 같이 노래를 불렀다. 전에 엄마의 노래를 들어 보지 못한 딸은 듣기가 민망하다는 듯 면전에서 구박을 했다.

"엄마, 그게 노래라고 하나?"

웃음 반이 섞였지만 노래 못 부르는 것도 서러운데 딸에게까지 이런 말을 듣다니. 충격을 먹었다. 어떻게 하라고 가르쳐주면 될 걸. 여러 날 마음에 씹히던 옛날 생각이 난다. 노래는 즐거워야 되는데, 내 노래는 어째서 스트레스의 아킬레스건이 되는가.

두 살 터울인 내 동생과 나는 친구처럼 지낸다. 동생은 어릴 때부터 노래를 잘 불렀다. 아버지는 술이라도 얼큰히 되시는 날엔 동생에게 노래를 시키고 용돈을 주곤 하셨다. 나는 동생이 부럽기도 했지만 그렇다고 동생처럼 노래를 부를 수도 없었다. 동생이 노래를 부르고 있으면 옆에서 따라 불러 보다가 동생에게 타박을 받았다. 그럴 땐 언니의 자존심은 저 벼랑 끝에 매달려 서러움에 떨고 있었다.

애당초부터 나와 노래는 친해질 수 없는 관계였던 것 같기도 하다. 타고난 목소리가 비뀔 수 없듯이 고집 센 신부처럼 노래가 나오지 않는 걸 어쩌겠는가. 한껏 불러 봐도 노래가 되지 않고 깽깽이가 되고 마는 것을. 원망을 해서 뭣하랴. 우리네 인생 또한 이같이 희망사항에 그치고 마는 것일진대.*

마음에는 더 많은 주름이 졌다. 애증과 시기와 그리움….
눈물에 젖은 주름살이 한숨과 함께 저 산과 골짜기처럼 엉켜있을 것이다.
아닌 척, 모르는 척, 더러는 헛웃음으로 아름다워지려고 바둥대다가,
이젠 지우지도 못한 것들이 그대로 굳었지 싶다.

정영숙

- jys0302@lycos.co.kr
- 010-8308-4629

- 수필가
- 『수필과 비평』으로 등단

아름다운 독/길/대숲 고향

아름다운 독

이상하다? 거울 앞에서 무심코 눈을 위로 치켜 떴는데 눈썹 끝자락만 위로 올라간, 인상이 사나운 여자가 거기 있었다. 눈을 위로 올려도 이마와 미간이 움직이지 않는다. 눈썹 끝 부분만 움직인다. 몇 번을 해 봐도 똑같았다.

'내 얼굴이 왜 이렇지?'

갑자기 가슴이 두근거렸다.

지난 송년 모임 때였다. 경품 추첨에서 당첨됐었다. 사람들이 일제히 박수를 보내 주었지만 그냥 핸드백에 넣어 두었다.

사실 보톡스란 게 뭔지도 잘 모르거니와 시술권을 사용할 수나 있을지 막연했다. 그런 시술은 만인 앞에 늘 얼굴을 보이는 직업인 배우나 가수들이 하는 것이지, 평범한 나 같은 사람이 한다는 건 상상도 못해 본 터였다.

한 해가 다 갈 무렵, 핸드백을 정리하다가 그것을 발견했다. 사용기간이 3일밖에 안 남았다. 이걸 어쩔까? 친구들이 한 번 해 보라고 부추겼다. 내 돈 주고 하려면 수십만 원이 드는데 공짜가 아니냐고. 그래, 얼굴이 팽팽하게 변해서 한층 더 젊어 보일지 몰라. 용기를 내서 그 성형외과에 갔다.

나보다 젊어 보이는 여자가 상냥하게 인사를 했다. 이마를 위로 치켜 올려라, 코를 찡그려 봐라, 활짝 웃어봐라 이리저리 살펴보더니 이마와 미간 사이 눈가 콧잔등에 주사를 놓겠노라 했다.

요즘 중년 여자들이 보톡스 맞는 것은 예사라고, 다들 얼마나 젊고 세련되게 사는지 모른다고 했다. 정기적으로 맞으러 오는 사람이 많다는 것이다. 부작용이 있으면 어쩌나 또다시 걱정을 하며 망설였더니 그 여자 말로는 부작용이라면 딱 한 가지, 한 번 맞으면 또 맞고 싶어지는 것이라 했다. 보톡스란 게 독소를 이용한 주사액인데 그것을 맞으면 근육의 움직임을 일정기간 완화시켜 주름이 안 생기게 한다는 것이다. 설명을 하며 의사가 덧붙였다.

"눈가에 잡히는 주름살은 여인에게는 청춘을 앗아가는 신호잖아요. 피부를 팽팽하게 펴서 언제나 젊어 보이게 하니 얼마나 좋아요."

주름살을 감춰주는 독, 이건 아름다운 독인가? 하지만 '독소' 라는 단어가 가슴을 찔렀다. 이렇게까지 해야 하나 싶었지만 아름다워지기가 쉬운가. 그만한 대가를 지불해야 한다. 코야 턱이야 성형한다고 사서 고생하는 세상이다.

의사에게서 주사 놓을 곳을 설명 들으면서 얼마나 아프냐고 물었다. 아프긴 아픈데 참을 수 있는 아픔이란다. 주사실에 누웠다. 찬 수건을 눈 위에 얹는다. 먼저 이마 양쪽에 여러 대의 주사를 놓는다. 나는 이를 앙다물었다.

3일이 지났다. 여느 날과 마찬가지로 세수를 하고 거울을 보다가 깜짝 놀랐던 것이다. 보고 또 보아도 거울 안의 내 얼굴은 다정해질 기미가 전혀 없다. 이를 어쩌나? 쓸데없는 짓을 해 가지곤, 후회가 되었다.

마지못해 외출할 때는 모자를 눌러쓰고 행여 남들이 알아볼까 전전긍긍

하였다. 효능기간이 6개월이라고 했던가. 그렇다면 본 얼굴이 돌아오려면 여름에나 가능한 것이다. 이제 곧 맘껏 싱그러워질 봄이 올 텐데…. 이게 무슨 꼴이람. 하다못해 왜 이런지 병원에 가서 물어나 보자 싶었다. 의사는 근육의 힘이 달라서 그러니 이마 양쪽에 다시 주사 한 대씩 맞으면 괜찮을 거라 했다.

또 주사를 맞았다. 이제 눈을 위로 올려도 이마처럼 눈썹 끝자락도 움직이지 않는다. 웃어도 눈가가 꿀 먹은 벙어리다.

여자의 얼굴이 이렇게 먹먹해서야…. 배우 안성기 얼굴이 떠올랐다. 그가 웃으면 주름진 얼굴이 그렇게 환하고 편해 보일 수 없다. 웃는 주름사이로 신선한 정감이 가슴에 와서 닿는다. 진솔함에서 오는 멋일 것이다. 나뿐만 아니라 많은 사람들이 좋아하는 이유도 같지 않을까 싶다.

표정이 살아있어야 하지 않는가. 얼굴은 마음이 표출되는 창이라 했다. 슬플 땐 나도 모르게 미간에 주름도 가고 이마도 찡그려지고, 기쁘면 활짝 웃고. 그럴 때 얼굴에 생기는 그늘이나 해맑은 표정은 사랑스럽고 아름답다. 남을 대할 때 숨김없이 마음을 드러내는 표정도 정답지 않는가. 그것이 사람과 사람사이에 살가운 정을 흐르게 하는 전령사이다. 진정한 아름다움은 살아 움직이는 것만으로도 생명을 지닌다.

마음에는 더 많은 주름이 졌다. 애증과 시기와 그리움…. 눈물에 젖은 주름살이 한숨과 함께 저 산과 골짜기처럼 엉켜 있을 것이다. 아닌 척, 모르는 척, 더러는 헛웃음으로 아름다워지려고 바둥대다가, 이젠 지우지도 못한 것들이 그대로 굳었지 싶다.

복잡한 세상살이가 주름살을 만들었고 억지로라도 그 주름을 펴고 싶었다고, 로봇의 표정에 진배없는 거울 안의 얼굴을 보면서 변명을 해 본다. 마음에 놓는 보톡스 주사는 없을까?

몸에 맞는 보톡스처럼 남의 눈이나 속이는 그런 허영된 것 말고, 너와 나로 인하여 마음에 지는 살煞을 없애주는 그런 주사가 있다면. 따뜻한 피가 흐르게 하는. 꿈같은 생각을 하면서 고양이 세수하듯이 눈가와 미간을 손으로 문질러 본다. 그리고 웃어본다. 눈 아래 잔주름이 진다.

주름이 져야 웃음이 되는 내 마음의 창, 또 눈을 찡긋해 본다. 칠월의 먼 산 솔숲보다 편안한 흔적. 내 걸어온 세월만큼이나 따뜻하게 주름이 만들어지고 웃음이 익는다. 나는 지금 아름다운 독을 맞고 거울 앞에 있다.*

길

국민학교 4학년 여름방학 때였다. 어느 방학 때와 마찬가지로 시골 큰집에 갔었다. 얼마간을 지내다가 큰집에서 제법 먼 거리지만, 같은 면내 '한골'에 이모집이 있어서 시골 온 김에 찾아가보기로 마음먹었다. 동갑내기 이종사촌 재봉이도 궁금하고 이모도 보고 싶었다. 엄마 따라 가 본 기억이 있어 머릿속에 길이 쫙 그려졌다. 큰어머니의 염려를 뒤로하고 혼자서 길을 나섰다.

먼지 이는 신작로를 지나 밭고랑이 줄지어 있는 들길을 따라 걸어갔다. 날씨가 엄청 더웠지만 설레는 마음 때문인지 힘든 줄 모르고 걸었다. 수염이 기다랗게 자란 옥수수들이 손을 흔들어 주고 여기저기서 매미가 요란하게도 노래를 불러 주었다. 밭둑길옆에는 개울도 흘렀다. 걷다가 세수도 하고 개울물을 마시기도 하면서 들뜬 마음으로 걸음을 재촉하였다.

얼마나 걸었는지 배가 고팠다. 해가 서산에 뉘엿거리는데 이상하게 가도가도 내가 생각하는 길이 나타나지 않았다. 뙤약볕에 얼굴은 빨갛게 익어가고 어깨에 멘 가방은 자꾸만 무거워져 오는데 찾는 길은 영 보이지 않았다. 들에는 사람 하나 없다.

궁리해 봐도 방법이 없었다. 또다시 왔던 길을 되돌아갔다가 아까 가던 길로 가 보다가 헤매고 다녔다. 분명히 이 근처 같은데 기억 속의 그 마을이 나타나지 않는 것이었다. 덜컥 겁이 나기 시작했다. 마음은 점점 조급해지고 나도 모르게 눈물이 찔끔 났다. 사방천지가 초록이라 눈앞마저 아득했다.

'언니보고 데려다 달라 그럴걸.'

큰소리친 것이 후회가 되었다.

얼마나 헤매었을까, 아까는 보이지 않았던 낯선 길 하나가 나타났다. 혹시나 하면서 그 작은 길을 한참 걸어가 보았다. 눈에 익은 목화밭이 보였다! 난 너무 기뻐서 막 뛰어갔다. 하얀 목화꽃이 나를 보며 짜드라 웃고 있었다. 이모가 사는 마을을 제대로 찾아온 것이다. 나는 너무나 반가운 나머지 입은 웃고 눈은 울면서 이모가 사는 마을을 향해 뛰었다.

이제 눈에 익은 풍경들이 보이기 시작했다. 커다란 물레방아, 물레방아로 흘러가는 작은 물길이 나타났다. 나는 금세 이모집에 다다른 듯 안심이 되었다. 잠시 목을 축이고 팔랑팔랑 바람에 치마꼬리 흔들며 여유롭게 걸었다. 커다란 개울이 보였다. 재봉이랑 깡총깡총 뛰어다니던 징검다리가 눈에 들어온다. 아! 정겨운 풍경들이 행복으로 안겨왔다. 대나무로 엮어만든 대문을 밀고 '이모야~ 재봉아~' 하고 큰소리로 불렀다. 그러자 부엌에서 저녁식사 준비하시던 이모가 놀래서 뛰어 나오셨다.

"이게 누고! 숙이 아이가! 니 혼자서 찾아 왔나?"

이모는 놀란 눈으로 나를 반가이 맞아 주셨다. 난 혼자서 찾아온 이야기를 의기양양하게 풀어놓았다. 겁나서 울었던 거와 길을 못 찾아 헤맨 건 빼고. 이모와 이종사촌들은 무슨 무용담을 듣는 듯이 재미있게 들어주었다.

"이제 숙이 다 컸네. 혼자서 이 먼 길 다 찾아오고, 근데 니 울었제?"

"아이라예! 안 울었어예."

얼굴이 빨개지며 막 손사래를 쳤지만 이모는 다 알겠다는 듯이 빙긋이 웃으면서 바라보았다. 무사히 잘 찾아와서 이모와 이런 대화를 할 수 있다니…. 이모가 해 주신 맛있는 저녁밥을 먹고 재봉이랑 늦도록 이야기를 하며 놀았다.

자리에 누워 지나간 이야기를 하고 있는데, 어디서 찍찍찍 요란하게 쥐 우는 소리가 들려왔다.

"무슨 소리고? 쥐가 와 저리 울어쌓노?"

"아, 쥐가 덫에 걸렸는갑다. 방학숙제로 쥐꼬리 열 개를 가져가야 되거든."

"그런 숙제도 다 내주나?"

"그래서 내가 잡고 있다 아이가."

"어이구 징그러버라."

"뭐가 징그럽노, 나는 쥐도 구워서 먹는데."

"뭐라꼬? 쥐를 구워 먹었다꼬?"

"얼마나 고솜한데, 내일 내가 구워서 줄낀께 묵어봐라. 나가보고 올끼다."

재봉이가 쥐를 잡으면서 이모랑 두런두런 한다. 광에서 나는 소리를 어렴풋이 들으면서 나는 스르르 잠이 들어버렸다.*

대숲 고향

늦은 아침을 먹고 누워있던 남편이 갑자기 드라이브나 할까 했다. 나도 그러자고 했다. 딸아이와 셋이서 길을 나섰다. 무작정 달려가던 어느 길목에서 '옥종 가는 길' 팻말이 보였다. 나는 무엇에 끌려가듯 그 길로 차를 돌렸다.

고향을 떠올리면 늘 대나무 숲이 굼실거린다. 사락사락 댓잎들의 노래가 꿈결처럼 들려오곤 한다. 초등학교 1학년을 마치고 고향을 떠나왔지만 그곳이 그리워서 방학이 되면 자주 들르곤 했다. 여고 3학년 여름방학 때 큰집에서 며칠 머물렀던 것이 마지막이었던가. 멀지도 않은 곳이건만 어쩐지 갈 일이 없었다. 피붙이들도 하나둘 도시로 떠난 지 오래다.

낯설어진 면소재지를 지나는데 오래된 골목을 지날 때처럼 익은 그 무엇이 나를 설레게 한다. 운전을 하면서도 연신 내 눈은 여기저기를 왔다 갔다 한다. 소풍 나온 아이처럼 들떠서 두서없이 조잘거렸다. 내 기억조각을 전해 보지만 남편과 딸은 아무런 감흥이 없는 모양이다. 십여 분을 달렸나? 할머니와 고모들이 살았던 '뒤뜰' 마을이 보였다. 어릴 때의 기억이 안개처럼 부옇다.

　나지막한 집들이 옹기종기 모여 있다. 마을 앞에 차를 세웠다. 나는 딸을 데리고 할머니가 살던 옛집을 찾아 더듬더듬 작은 골목을 기웃거렸다. 맞는 듯도 한데 낯선 집이었다. 그 집 뒤로 눈에 익은 뒤뜰이 보였다. 어릴 때 사촌들과 오르락내리락 놀던 곳이었다. 그곳엔 무덤이 하나 있었다. 죽음이 뭔지 모를 때 철없이 뒹굴며 놀던 그 무덤은 내겐 그냥 한 덩이 흙이었다.

　어리둥절 당황하면서 딸아이 손을 잡고 나왔는데, 아까부터 우리를 보고 있던 한 할머니가 다가와서 누굴 찾아 왔냐며 말을 걸었다.

　"여기가 우리 고모들이 살던 집 같은데 기억이 아물아물해서 찾아보는 중입니더. 우리 큰집은 벌대에 있었고예."

　"벌대모 학동띠가 살았는데 어머이가 무슨 띠이고?"

　"예, 학동띠는 큰 어무이고 우리 어머이는 손디띠입니더."

　"아이고! 손디띠 딸이가? 내 손디띠 잘 아요. 어머이한테 물어보면 잘 알끼데, 청수띠 둘째 며느리라카모."

　할머니는 친척이라도 만난 양 주름진 얼굴을 활짝 펴면서 반가워한다. 이젠 낯선 곳인 이곳에서 뜻밖에 새댁시절의 어머니를 기억하는 분을 만나다니, 울컥 한다.

　"손디띠이가 시집왔을 때 저어기서 안 살았나. 점방했제. 내랑 얼마나 친했다꼬. 어머이한테 안부 전하고 한 번 놀러오라고 꼭 전해주소."

　그러마고 인사를 하고 차에 올랐다. 흑백사진을 보듯 아스라한 세월 저 너머 젊은 두 새 각시가 오버랩되면서 자꾸 눈가가 젖어왔다. 마른 잎 같은 어머니에게도 댓잎처럼 푸르디푸른 청춘시절이 있었음을 새삼 느껴서일까. 그 유장하게 흘러간 세월이 가슴을 친다.

　'뒤뜰'을 지나 '벌대'로 차를 돌렸다. 어릴 땐 참 먼 길이었건만 차로 가는 길은 얼마 안 되는 거리다. 깜깜한 밤에 큰집에서 놀다 고모들 따라 이 곳을 지날 땐 얼마나 멀고 무서웠던가. 황톳길 가 푸른 깻잎이 가득했던 밭도, 무섬증에 오금이 저리던 공동묘지도 세월에 반쯤 허물어졌다.

초입에 차를 세우고 마을로 들어갔다. 큰집 아래에 있던 샘을 단숨에 찾았다. 샘은 그곳에 그대로인데 큰집은 온데간데없다. 잿빛 안개로 가득하던 넓은 마당도 사라졌다. 긴 겨울 밤 매서운 바람이 천지를 뒤흔들 때면 토담 벽에 걸린 무 시래기가 자지러지고, 대숲에선 알아들을 수 없는 수많은 고함이 터져 나왔었다. 어린 나는 하얀 옥양목 이불을 뒤집어쓰고 그 소리를 가슴으로 듣곤 했다. 무서울 것 같은데 무섭지 않았다. 그 대숲도 보이지 않는다. 홀로 겉도는 바람처럼 이리 기웃 저리 기웃대다가 멍하니 서 있었다.

"저기 대나무가 있네!!"

샘에서 좀 멀리 떨어진 곳에 서 있는 대나무 몇 그루가 눈에 들어왔다. 반가움에 나는 목소리까지 사뭇 떨렸다. 종종거리며 그곳으로 갔다. 도도록 오름목에 슬레이트집이 앉아있고 대나무가 듬성듬성 두 벌 나마 둘러섰다. 기억과는 아주 달랐다. 나는 어쩔 줄 몰라 샘가로 대나무 있는 집으로 왔다 갔다 하며 가뭇한 기억을 집었다 놨다 바빴다. 대숲 옆 길섶에 키 큰 감나무 두 그루가 있었는데 없다. 아닌가 보다 하며 내려오는데, 큰집 바로 아래에 있던 작은집이 옛 모습인 채로 그 자리에 있었다. 굴뚝에서 연기가 솟아오르던 뒤란의 모습이 옛날 그대로였다. 그럼 이곳이 큰집이 있던 지리가 맛는데 ㄱ 빽빽하던 대나무들은 다 어디로 갔을까. 마치 소인국에 온 듯하다.

우리 집이 있던 '개곡' 마을엔 들어가지 않았다. 차로 지나오면서 멀리 바라만 보았다. 어쩐지 그러는 게 나을 것 같았다. 책 보따리 등에 질러 메고 필통소리 찰각찰각 언니오빠들 따라 학교 가던 길. 이 길 위로 얼마나 많은 바람과 비와 햇살이 흘러갔을까.

　1학년을 다녔던 초등학교 앞에서 차를 세웠다. 쬐끄만 1학년 여자 애 둘이서 머리끄댕이 잡고 교문 앞에서 싸우던 영상이 스쳐 지나간다. 판숙이는 나만 보면 '키다리뿜뽀 대뿜보 키만 커서 머할래' 하며 놀렸다. 그게 약 올라서 도망가는 판숙이를 잡으러 포플린 원피스자락을 나풀거리며 운동장을 가로질러 뛰어갔었다. 남편은 여기까지 왔는데 들어가서 보고 오라고 채근했다. 내릴까 망설이다, 돌아섰다.

　살면서 마음 한 자락은 늘 고향에 닿아 있었다. 세피아 색의 내 유년이 삽화로 남아 있고, 다정한 이야기가 바람에 일렁이는 푸른 대숲에 마디마디 새겨져 있다. 피붙이들과의 고운 추억이 그리움으로 남은 고향. 그러나 이젠 그 고향은 간 데가 없다. 돌아오는 길, 처음 들떴던 마음과는 다르게 마치 고향을 잃어버린 듯 이상한 상실감에 속이 허전했다. 어느새 시골길은 어둑어둑해지고 산등성이에 홀로 외로운 달이 떴다. 나를 위로하듯 앞서가는 달에 자꾸만 눈이 간다.*

동백은 피기 전에 몽오리가 몽실몽실할 때가 가장 아름답다.
활짝 핀 꽃은 붉으면서도 화려하지 않아 애달프다.
빛을 환하도록 쏘아내지 못하고 노오란 화심 안으로 끌어들인다.
안으로 안으로 삭이는 마음, 애련에 우는 가슴처럼, 웃지 않는다.

정정배

• soj0066@hanmail.net
• 016-9445-2522

• 시조시인
• 『시조문학』으로 등단

3초의 극 / 동백꽃

3초의 극隙

아침에 출근길에 아찔한 순간을 당했다.

집에서 나오면 4차선 국도 한 쪽을 건너 좌회전을 해야
한다. 막 찻길에 접어드는데, 승용차 한 대가 나의 눈앞에서 S곡선을 그리
며 휙 스쳐갔다. 그 차가 2차선으로 운행을 했다면 큰 사고가 날 뻔했다.
점멸등이 깜박이는 국도 앞에서 좌회전 방향등을 켜고 좌우를 살폈다. 저
만치 우측 2차선에는 8톤 트럭 한 대가 오고 있었지만 문제될 게 없었다.
좌측에는 차량이 보이지 않았다. 그런데 어디에서 왔단 말인가? 순간적으
로 브레이크를 잡으며 좌측을 보니 차량들이 줄지어 오고 있다. 내 차는 2
차선에 가로 걸쳐져 있는 상태였다. 순간, 가속페달을 힘껏 밟아 건너편
일차 선으로 빠져 나왔다.

부주의했다. 평소에는 여유를 가지고 좌우를 찬찬히 살피는데, 오늘은
대충 살핀 게 잘못이었다. 좌측 주유소 길옆에 덮개에 덮인 커다란 트럭
한 대가 세워져 있었는데, 그 차에 가려진 승용차를 미처 발견하지 못한
것이다. 나도 놀랐지만 S자 곡예운전을 하며 피해 간 그는 또 얼마나 놀랐

을까?

　그녀가 갔다. 다시 오마 말 한 마디도 없이 이승을 떠났다. 시집장가도 가지 않은 오랍동생 두 자식을 두고 4년 전에 간 남편 따라 갔다.
　"문디 가수나! 내가 크락숀을 칠 때 잠시 섰더라면 그런 사고는 안 났을 낀데……."
　아내가 울먹였다. 가래떡 몇 개를 주려고 차를 몰고 갔다. 그녀가 농약방에서 오토바이를 타고 나오고 있었다. 클랙슨을 눌렀다. 그녀가 아내를 힐끗 보고는 씩 웃으며 가버렸다. 금방 교통사고 소식이 날아왔다. 4차선 십자교차로에서 트럭과 충돌을 하였다. 대학병원으로 갔으나 두개골 파열로 이미 사망을 하였다고 하여 장례식장으로 바로 돌아왔다.
　보름 전에는 타고 다니던 티코가 퍼졌다면서 새 차를 사야 한다고 했다. 좋은 차 하나 구입하라고 했더니 농약 등 각종 자재를 운반할 수 있는 밴 종류를 산단다. 매일 털털거리는 썩어 빠진 차 타고 다니더니. 새 차 한 번 타 보지도 못하고 저세상으로 갔다. 하루 전날 남편 천도재를 마쳤다고 기분이 홀가분하다더니 정녕 남편 따라 갔나 보다.
　신인상 수상 사진과 서울 도봉산의 시화전 사진을 카페에서 뽑아내어 조그마한 플래카드를 만들었다. 영안실 입구에 걸어두고 바라보노라니. 나만 그런가? 자꾸만 눈시울이 뜨거워진다.

　　저녁놀 풀어놓고 또 한 굽이 가는 세월
　　어둠 속 그리움을 알알이 적시면서
　　새도록 사연이 되어 눈물로서 오는가.

　　애절함도 허물인 양 자국 없이 내리는

바람 끝 풀잎으로 온몸을 씻기면서
속울음 저리 여미며 여명으로 지는가.

마음에 여유가 없을 때 사고는 나는 듯하다. 몇 년 전 내가 자동차 접촉 사고를 냈을 때도 출근시간에 허둥대다 그랬고, 오늘 아침 사고가 날 뻔한 것도 출근을 빨리 해야 한다는 생각에 좌우를 충분히 살피지 못한 탓이다.

그녀의 사고도 그랬다. 아내의 말에 따르면 며칠 전부터 무척 바쁘게 오 갔다고 한다. 은행의 대출도 빨리 정리를 해야 한다며 정리를 했고, 남편 의 천도재도 얼른 마쳐야 한다고 했단다. 시장에서 친구를 만나도 바쁘다 면서 제대로 이야기 한 마디 하지 않고 부리나케 가버리더라고 한다.

바쁜 시간 속에서도 잠시 한숨을 돌이킬 수 있는 여유를 가져봐야겠다. 교통사고는 1~2초 사이이다. 그 순간의 순간, 간발의 차이로 사고가 나고 안 나고의 일이 생긴다. 클랙슨을 쳤을 때 잠시 오토바이를 세웠더라면 승 을 달리하는 사고는 피했을 거라고 아내가 탄식을 했지만 이미 엎질러진 물일 뿐이다. 그 몇 초의 차이로 아내는 아까운 친구를 잃었고, 우리는 멋 진 작품을 꽃 피울 작가를 잃었다.

장례를 치른 당일 저녁이 용케도 모임날이었다. 월례회에 모인 우리들 은 곁에 앉아 있어야 할 그녀를 위해 애도의 묵념을 올렸다.

봄 날개 저어 나는 눈부신 저 부챗살
춤사위 봄바람이 그리움 병이 되어
사랑의 빗장을 열고 열꽃으로 납니다.

품에 든 그리움은 황금빛에 젖어 들어

날갯짓 가쁜 숨은 절정의 꽃에 앉아
상사로 타는 가슴을 꽃향기로 달랩니다.

이승과 저승 사이는 얼마나 멀까? 3초보다 더 작은 극일지도 모른다. 그 너머 저만치, 팔랑팔랑 〈나비〉날아가고 있다. 봄바람 따라 그리움 지평선에 놓으며 한 줄기 향기로 가고 있다. 상사로 타는 가슴 부챗살 흔들며.

열꽃 피는 석양을 나는 오랫동안 바라보며 서 있었다.*

동백꽃

다른 꽃들이 피기도 전에 피었다가 저버리는 동백꽃. 봄을 실어 나르는 거제바다는 동백꽃이 있음으로써 아름답다.

동백은 피기 전에 몽오리가 몽실몽실할 때가 가장 아름답다. 활짝 핀 꽃은 붉으면서도 화려하지 않아 애달프다. 빛을 환하도록 쏘아내지 못하고 노오란 화심 안으로 끌어들인다. 안으로 안으로 삭이는 마음, 애련에 우는 가슴처럼, 웃지 않는다. 질 때는 더 슬프다. 벚꽃처럼 꽃잎을 낭자하게 흩날리는 그런 짓은 안 한다. 툭, 송이채 지고 만다. 땅에 흐드러진 동백꽃은 낭자한 절망을 느끼게 한다.

내가 거제도에 있는 어느 부대에서 군생활을 마칠 무렵, 초소주변엔 동글동글한 동백꽃이 붉었다. 이별가를 불러주는 것 같았다. 제대말년이란 상념이 청춘을 배회하게 하는 것이리라. 군생활 끝에 오는 상실감이 무언가를 남기고 싶게 하는 것이다. 어쩌면 비에 젖은 벼랑에 흩어진 붉은 낙화들이 나를 불렀을 것이다.

그날은 안개가 짙었다. 그걸 안개비라 하는지도 모른다. 바닷가 벼랑 위

바위한쪽을 후벼내고 흙을 파고 동백나무 한 그루를 캤다. 잔가지가 있긴 했지만 묶은 등걸이었다.

초소로 돌아왔다. 안개비에 젖어 온몸이 축축했다. 전에도 이런 적이 있었다. 안개비가 자욱한 산속을 헤매며 진달래를 따먹던 때가 있었다. 무작정 봄이 좋아 희뿌연 안개비를 온 몸으로 맞으며 혼자서 고독을 즐겼었다. 몇 시간을 휘젓고 다니다가 집으로 돌아와 옷을 홀랑 벗어 버리고는, 수건으로 물기를 닦고 새 옷으로 갈아입었을 때의 뽀송한 상쾌함이 좋았다. 산속을 다니던 열기로 확 달아올라 말로 표현할 수 없는 쾌감이 전신을 훑고 지나가던 청량감이 있었다.

그게 아니었다. 사방에서 음습해 오는 축축한 습기가 초소 안에 가득했다. 돌을 쪼개기 위해 곡괭이질을 할 때의 그 열기와, 안개비 속을 뚫고 산등성이를 타고 넘어 올 때의 그 상쾌함은 순식간에 달아나 버렸다. 작업복과 속옷도 눅눅하고, 주위의 공기 모두가 축축한 것이 뭐라고 꼭 집어서 표현할 수는 없지만, 기분 더럽게도 우울했다.

나무를 다듬었다. 일자 드라이버를 시멘트 바닥에 갈아서는 끝이 납작하고 날카롭게 만들었다. 끌도 되고 자귀도 되었다. 썩은 부분은 파냈다. 껍질을 벗기고 다듬은 나무에 사포질을 깨끗하게 하여 붉은 페인트칠을 했다. 흰 페인트로 푸시킨의 '삶'을 적었다. 그 위에 니스칠을 정성스레 했다.

'생활이 그대를 속이더라도
슬퍼하거나 노하지 마라
설움의 날을 참고 견디면 머지않아 기쁨의 날이 오리니
현재는 언제나 슬픈 것, 마음은 미래에 사는 것……'

거제의 그 적막한 초소로 달려온 아가씨가 있었다. 동그란 눈이 새까만 아가씨였다. 치렁한 긴 생머리에 키가 내 귀밑에 오는, 풋사과 냄새가 나는 소녀 같은 아가씨였다. 동백꽃나무 밑에서 내 어깨에 머리를 기대면 내 왼손이 소리 없이 그녀의 어깨로 올라갔다. 그러나 당기지 못했다. 부드럽고 매끄러운 감촉이 '그대로'라는 정지명령 같았다. 그녀의 빨간 입술이 말없이 올려다보았다. 그럴 때 내 눈에는 동백꽃이 더욱 붉었다.

"나 이렇게 오빠 어깨에 기대어 잠들고 싶었는데……"

새까만 눈이 그렁한 눈물을 머금고 쳐다보았다. 웃음 같았다. 그러고는 소식이 끊어져 버렸다. 그날 그녀의 웃음은 이승에 놓고 간 마지막 동백꽃이었을까?

결혼을 하고서도 안방의 문갑 위에 얹혀 있었다. 어떤 땐 서랍장 위에도 얹혀서 '생활이 그대를 속일지라도'를 읽었다. 이사를 스무 번 가까이 하면서도 '현재는 언제나 슬픈 것, 마음은 미래에 사는 것'이 같이 다녔다.

거제 바닷가 올해도 동백은 붉게 피었다.*

'사랑해' 입안에서 사르르 녹는 생크림 같은 달콤한 말의 위력과
희소성의 가치를 교묘하게 이용한 남자의 귀여운 깜짝 쇼는
내 안에 꽁꽁 닫혀 있던 마음의 빗장을 열기에 충분했다.

한인향

• hih055@naver.com
• 010-9184-1052

하늘에서 축복이 / 술래잡기 / 단풍

하늘에서 축복이

"**잘** 다녀오세요!"

남편은 대답도 없이 현관문을 밀고 나가 버렸다.

'나라고 기분이 새털 같은 줄 아나.'

군담이 절로 나왔다. 기말시험을 코앞에 두고 밤늦게까지 책을 읽다 늦잠을 자 버렸다. 아침에 자리에서 일어나자 서둘러 쌀을 씻어 전기솥에 안치고 취사를 분명히 눌렀다고 생각했는데 실수를 했다. 어쩌다가 삼층밥을 하고 말았다. 약점이라도 잡은 듯이 자격 없는 주부 운운하면서 밥을 젓가락으로 뒤적이다가 출근한 것이다. 늦게 시작한 공부에 애면글면 되도록 가족들에게 소홀하지 않으려 나름대로 애를 썼건만. 갑자기 살아온 날들이 허무해진다.

거실에 가득 들어온 하늘도 인정머리 없는 사람처럼 우중충하다. 하늘도 울고 싶은 모양이다. 지역여건상 겨울이 와도 포슬눈 한 번 내려주지 않는 이곳, 그래, 눈이라도 펑펑 쏟아지면 좋겠다. 아무래도 저의가 의심스럽다. 전에 공부하러 다니던 주부들을 유한마담의 사치쯤으로 비아냥

거리던 말이 생각났다. 그게 그냥 해본 남의 이야기가 아니었나 보다. 아 내가 공부하는데 남편의 시각이 그래가지고선….

내 마음을 알기라도 하는 듯이 창밖에는 하얀 눈이 하늘거린다. 창에 붙어섰다. 금세 눈이 펄펄 내린다. 얼마 만에 보는 눈 내리는 풍경인가. 시계가 자욱이 유년으로 돌아간다.

수업 중 누군가 소리쳤다.

"선생님 눈이 와요."

아이들의 눈이 일제히 창밖으로 쏟아졌다. 눈 내리는 광경에 아이들은 엉덩이까지 들썩였다. 선생님도 더는 못 참고 웃으셨다. 선생님의 웃음이 신호이기나 한 듯 우리는 와르르 운동장으로 달려 나갔다. 하늘에 구멍이라도 뚫린 것 같다. 쏟아져 내려오는 은빛 요정들의 군무에 매료되어, 두 팔을 커다랗게 벌리고 환호성으로 화답했다. 삽시간에 은세계가 펼쳐지면 약속이라도 한 듯, 눈을 뭉쳐 시간가는 줄 모르고 눈싸움을 했다. 짓궂은 아이들은 다른 아이들의 뒷덜미에 눈덩이를 슬쩍 넣고 도망을 갔다. 장난이 무르익어 선생님의 뒷덜미가 표적이 될 때 악동들은 더욱더 신이나 즐거워했다. 내리는 눈꽃송이 만큼이나 웃음꽃도 만발했다. 학교 교정에서 벌이던 첫눈 축제, 다음 수업종이 울리면 무도회에서 왕자님과 춤을 추다 마법이 풀려 집으로 돌아가야만 했던 신데렐라처럼, 우리들도 아쉬운 마음을 접은 채 선생님을 따라 교실로 들어가야만 했다. 아스라한 추억에 푹 젖어 있는데 폰이 울린다.

인천에 살고 있는 딸아이다.

"엄마 생신 축하해. 건강 잘 챙기시고요. 사랑해. 내 생일이라고? 어 맞네. 숙아, 지금 이곳은 눈이 내리고 있어. 하느님께서 내 귀빠진 날을 어떻게 아셨을까?"

나는 금세 들뜬 음성이 되고 말았다. 아이들이 직장 따라 타지로 떠나는 바람에 생일이 오는지 가는지도 모르고 살고 있다. 애들이 어릴 때이다. 해가 바뀌면 나는 꼭 새 달력의 숫자에 예쁜 색연필로 알록달록 꽃그림을 그려, 다섯 가족의 생일 표시를 해놓곤 했었다. 우리 가족은 딸만 빼고 모두 겨울에 태어났다. 우리는 겨울만 되면 한 달 거리로 생일 촛불을 밝혔다. 촛불처럼 따뜻한 얼굴로 둘러앉아 케이크를 자르고, 왁자그르르하게 샴페인을 터뜨리곤 했었다.

현관문 두드리는 소리가 난다. 남편인가 싶어 문을 따 주었다. 그러나 정작 사람은 들어오지 않고 웬 낯선 남성의 음성만이 들려온다. 문을 조심스럽게 밀고 나가보았다. 검은 가죽잠바 차림의 젊은 남자가 웃으며 서있다. 화려하게 포장된 커다란 꽃다발을 건네준다.

"생신 진심으로 축하 드립니다."

결혼 후 두 번째 받아보는 꽃 선물이다. 빵긋 빵긋 웃는 꽃들 속에서 고개를 들고 뾰쪽하게 나와 있는 앙증맞은 샛노란 카드를 제비뽑기 하듯 쏙 뽑았다.

'여보! 쉬운 일곱 번째 생일 축하해. 어제는 오늘이 당신 생일인 줄도 모르고 화를 내서 미안해, 이 꽃 받고 마음 풀어, 저녁때 우리 아들과 셋이서 멋진 외식 하자고. 언제나 당신을 사랑하는 남편이. I LOVE YOU.'

신선한 충격이 잠자던 나의 심연을 흔들어 깨운다. 어느 시인의 〈생일〉이라는 시가 머리를 스친다. '사랑이 없으면 생명이 없는 것' 즉 '진정한 생일은 육신이 지상에서 생명을 얻은 날이 아니라 사랑을 통해 다시 태어난 날'이라고 했다. 나는 오늘 가족들의 사랑으로 다시 태어난 기분이다. '사랑해' 입안에서 사르르 녹는 생크림 같은 달콤한 말의 위력과 희소성의 가치를 교묘하게 이용한 남자의 귀여운 깜짝쇼는 내 안에 꽁꽁 닫혀 있던 마음의 빗장을 열기에 충분했다. 행복이란, 사소한 배려와 잔잔한 감동의 꽃에서 피는 것. 아주아주 오랜만에 느껴보는 감정이다.

폰이 울린다. 남편이다. 눈도 내리는데 드라이브하려고 일찍 왔다며 당장 아파트 광장으로 내려오란다. 막내아들도 동행하자고 하니 엄마아빠 둘이서만 오붓하게 다녀오란다.

집 근처의 호반에 갔다. 싱그러운 젊은 커플 한 쌍이 안개꽃 같은 하얀 눈을 맞으며 자연과 어우러진 설경을 배경 삼아 다정한 포즈로 사진을 찍고 있다. 한 폭의 그림이다. 풋풋했던 시절 우리들 모습을 보는 듯하여 나도 모르게 입가에 웃음이 번진다. 집에서 느긋하게 우리를 기다리고 있던 아들과 함께 식당으로 향했다. 식당에는 남편이 준비시켜 논 앙증맞은 작은 케이크가 다소곳이 앉아 있다.

그날 밤 노래방에서 막내아들이 부르는 사모곡은, 기어이 내 눈물샘을 자극하고 말았다. 나는 가족들에게 〈영원한 사랑〉이라는 노래로 답을 했다. 눈물로 부르는 노래에 아들 손에 들려 나온 꽃들도 밤하늘의 별들처럼 반짝이며 속삭인다. 오늘은 꼭 그에게 따져보리라 다짐했던 마음이 겨울 햇살에 녹아버린 눈처럼 실종되고 말았다. 그것은 우리에게 크나큰 축복이었다.*

술래잡기

큰 아이의 유치원 졸업식 날 아침이다. 막내를 유모차에 태우고 큰 아이와 딸아이를 데리고 집을 나섰다. 유치원 근방의 미용실에서 머리 손질을 했다. 꽃집에서 추억같이 아련한 안개꽃과 붉은 장미꽃이 섞인 꽃을 샀다. 유치원에는 꽃송이 같은 아이들이 엄마 아빠가 곁에 있어서 더 신이 나 보인다. 졸업식을 마치고 집으로 돌아오는 길이다. 큰 애가 하는 말에 내 귀를 의심하며 재차 물었다.

"엄마가 꽃을 사러 갔을 때 미장원 아줌마가 엄마 이름을 물어보고는 엄마 동창생이라고 했어요."

귀가 번쩍 뜨였다. 학창시절의 친구가 여기에 살고 있다니 뜻밖이었다. 놀라움, 반가움, 설렘이 교차한다.

난생 처음으로 피붙이를 떠나 남편이라는 사람 하나 믿고, 말 설고 낯설은 곳에 와서 살며 참 많이 외로웠다. 타향에 사는 사람은 고향 쪽으로 날아가는 기러기만 보아도 그쪽을 돌아보게 된다고 하지 않던가.

이튿날 과일 한 봉지 사 들고 친구가 있는 미장원으로 한달음에 달려갔다. 미용실의 유리문을 밀고 들어섰다. 친구가 목화꽃처럼 환하게 웃으며 맞이해 준다. 나도 따라 환하게 웃었다. 마주 잡은 손이 참 따스했다. 마침 손님의 머리를 손질하는 중이었다. 손님에게 양해를 구하더니 안으로 들어가 따끈한 차를 한 잔 내왔다.

차를 마시면서 앞에 걸린 커다란 거울에 비치는 친구를 바라보았다. 예전 동무들의 모습들을 다 더듬어 보아도 떠오르는 얼굴이 없다. 물론 성도 이름도 생각나지 않는다. 미궁으로 빠져드는 느낌이다. 그럼에도 이 친구를 만나 생소하지 않고 편안함이 좋다. 세월을 훌쩍 뛰어 넘어 기억에서 지워졌음에도 잠재된 끈끈한 무언가가 마음속에 똬리를 틀고 있기 때문일까? 어제 만나서 놀았던 친구처럼 정답게 느껴졌다.

이름을 물어 보아야겠다는 생각이 들었다. 그러나 손님의 머리카락을 만지며 대화를 나누고 있어서 끼어들 수가 없었다. 전전긍긍 눈치만 보다가 이름을 묻는 대신 엉뚱한 걸 물었다. 사천에는 어떻게 오게 되었는지? 남편이 사천 공군부대의 군무원이며 아이는 남매를 두었다고 한다. 옛 동무의 이름도 기억 못하는 친구라니 아무래도 소원한 마음이 들지 않겠는가. 정 없는 사람이 되는 것 같아서 내캐지 않았다. 다음에 알게 될 기회가 있겠지 싶었다.

그 뒤로도 울적하면 발길이 미용실에 닿았다. 그 때마다. 손님을 맞고 있어서 정작 궁금증은 꺼내지도 못했다. 다른 손님들 앞에서 미주알고주알 옛날 우리들 이야기로 수다를 떤다는 것은 아무래도 마음이 내키지 않았다. 그래두 가까운 곳에 항상 그 친구가 있다는 것만으로 큰 위안이 되었다.

운명의 장난이라고나 할까. 갑자기 남편이 통영으로 발령이 났다. 그런데 급하게 가느라 친구에겐 한 마디 작별인사도 못 한 채 이사를 갔다. 이렇게 갑자기 헤어질 줄 알았더라면 용기를 내서 이름을 물어볼 것을, 그 친구와의 짧은 만남이 가슴 한 켠에 멍울처럼 남아있다. 난 왜 그것도 보지 못했을까? 미용실 벽에 걸려 있는 면허증을, 거기에 이름도 성도 다 적혀 있거늘, 부모 팔아 친구 산다는 속담이 있다. 우리가 한 세상 살아가면서 친구가 없다면 얼마나 적막하고 무미건조한 삶이 될 것인가. 마음이 통하는 친구 한 사람만 있어도 성공한 인생이라고 하지 않던가. 그 친구가 누구인지 알아보려고 가까운 동무들에게 물어도 모았다. 다들 기억들이 희미해서 긴가민가할 뿐이다. 졸업앨범을 꺼내놓고 얼굴 모습이 흡사한 아이를 찾아 뒤적였다. 청순한 모습의 한 아이에게 눈이 가긴 했지만 과연 이 소녀가 맞는지 오리무중이다.

가슴 한 켠에 남아서 나를 외롭게 하는 그녀, 소망하는 것은 이루어진다고 했으니 언제가 될는지 딱히 알 수는 없으나 그녀와의 해후도 봄이 오듯 이루어지리라 생각한다. 어린 날 술래잡기 하듯이.

소나무 동산의 등나무 벤치에 앉아서 연보랏빛 등꽃 향기 아련한 교정을 걸었던, 쇼팽의 즉흥환상곡을 들으며 부푼 꿈을 키우던 시절… 내 어린 날의 꿈들을 찾아, 함께 뛰어놀던 동무를 찾아 나는 오늘도 술래가 된다.*

단풍

몇 년 전입니다. 나무들이 신열을 앓아갈 무렵, 구월의 따뜻한 햇볕을 받으며 해인사에 간 적이 있었습니다. 해인사 입구에는 노란 은행나무가 좌우로 길게 늘어서서 환한 미소로 길을 인도하더군요. 그 길을 가노라니 마음까지 따사로워졌습니다.

한낮 해인사 경내에는 수많은 행락객들이 꼬리에 꼬리를 물고 돌아갑니다. 두 손 모아 아름다움의 기운을 받으려는 탑돌이들의 발걸음은 세상을 환하게 밝혀 희망을 인도하는 등불 같은 것입니다. 법의를 걸친 스님들이 합장을 하며 지나갑니다. 스님의 손에 들려있는 백팔 염주 알 하나하나에는 생명들의 염원이 담겨 있을 것입니다.

암자의 작은 정원에는 가을 햇볕이 노란 산국 속에 푸득푸득 박히고 있었지요. 유년시절 가지고 놀던 주황색 꽈리와 앙증맞은 까마중이 조롱조롱 빛을 냅니다. 가을이 깊었나 봅니다. 산이 온통 붉은 빛으로 타오릅니다. 따끈따끈한 태양과 선선한 바람과 달빛의 기도가 시나브로 곡식과 과일들을 영글게 하였을 것입니다.

나는 지금 가을과 같은 인생의 여정기일 것입니다. 어쩌면 내 자아도 오색 단풍처럼 찬란할 수 있을지, 이곳 저곳 단풍을 감상하며 가을을 느껴봅니다. 나뭇잎들도 두 뺨 가득 열꽃이 차오르는 사랑처럼 물이 들었습니다. 아낌없이 인간들을 사랑한 때문일까요? 고뇌의 숱한 바람으로 뜨거워진 가슴을 지독히도 곰삭이던 그리움들을 황홀함으로 승화시켜 주는 경이로움을 보았습니다.

숲은 곧 세상이며 자연입니다. 사람도 자연이기 때문이겠지요. 나는 숲에 동화되어 나무들과 교감을 나누는 듯합니다. 변화무쌍한 기후의 인고를 견뎌낸 나무들은 봄에는 온통 연둣빛 새싹을 틔워 우리들에게 소박한 생성의 기쁨과 용기를 맛보게 하였습니다. 여름에는 울창한 숲으로 벅찬 생명의 숨길을 전이시켜 주었습니다. 자연은 늘 변함없이 넉넉한 가슴으로 우리들을 관대하게 품어주었습니다. 쓰러진 나무 등걸에서 무심히 꽃이 피어나듯 희망을 안고 살아가라고 가르쳐 주었습니다. 떠날 때마저도 온몸을 불살라 이토록 환희로운 광경을 연출합니다.

머지않아 바람이 불 것입니다. 나무들도 그걸 알고 있는 거지요. 스산한 바람에 높은 하늘이 서늘해지면 붉은 잎은 과거를 보듬은 그리움같이 떠나갈 것입니다. 길가에 서있는 은행나무들은 노란 잎을 땅에 쌓아놓고 경건한 자세로 겨울을 맞을 것입니다.

올해도 가을이 왔습니다. 나는 아파트 정원에서 가을을 맞이합니다. 피라칸타의 고혹적인 미소가 지나는 이의 발목을 잡습니다. 심해에서 건져올린 듯한 산호 빛 보석들이 정열적입니다. 다가가 살짝 만져봅니다. 잎이 맥없이 떨어져 미안한 마음에 책갈피에 끼워봅니다. 아파트의 활엽수들도 색동옷으로 갈아입기 시작했습니다. 조만간 이곳에도 태양신이 만들어낸 조화로운 향연이 펼쳐질 것입니다. 아침 뜨락에 금빛 햇살이 내려와 평화롭습니다.*

다시 그리면서

다섯 번째 집을 지었다. 그 동안 십 년 세월이 갔다. 익은 얼굴들이 가면 새 얼굴이 나타났다. 그래도 한결 같은 것은 저마다 가슴을 녹여내는 고통을 즐긴다는 것이다.

'글 써? 머리 아프게, 그 짓을 왜 해?' 하긴 쓴다는 것 자체가 스트레스이다. 소재에서 퇴고까지, 그 긴 여정을 가면서 괜히 머리를 짠다고 생각하면 그렇다. 이런 생각도 한다.

'사람 사는 집'에 모인 사람들은 스트레스를 즐기는 버릇이 있는 걸까. 그만큼 수필 짓기는 인간을 달관시킨다. 달관은 연습에서 온다. 연습은 완성이 아니다. 완성을 위한 도약이다. 도약의 절반쯤은 아마도 추락의 영예를 입을 것이다.

초가 위에 별이 뜨고, 달빛이 흐르는 길을 가기도 하고, 님 그리는 새악시의 마음도 있다. 돌아앉아서 투덜거려 보기도 하고, 아무 의도 없이 궁시렁거려도 본다. 그렇게 우리들의 일상은 옹기종기 모여 앉는다. 킬힐을 신어보고자 하는 빨간 머플러도 날려본다.

세상에 버릴 말은 하나도 없다. 어머니의 품 같은 '사람 사는 집'에 어찌 꽃이 피지 않겠는가? 눈이 밝은 사람은 이 집을 둘러보다가 '어마나 이 꽃 봐라' 하고 반가움에 젖겠다.

끝은 시작이라 한다. 오늘 펜을 놓음은 새로 펜을 들고자 하는 웅크림이다. 부지런히 베고 다듬고 갈고 채색해야 하는 긴 공정이 기다리고 있다. 집을 짓는 자는 게으를 수 없다. 여름 한철 노는 동안에도 좀은 열심히 먹는다. 좀이 먹어 버려 좀 가루나 펄펄 날리는 생각나무로는 지을 집이 없다.

세상에 말꽃을 피우는 우리들의 집 짓기는 계속된다. 더 오묘하고 아름다운 걸작을 준비하는 진주수필 사람들에게 박수를 보낸다. 즐겁게 분주하겠다. (미나)

진주수필⑤

사랑 사는 집

•

지은이 / 진주수필문학회
펴낸이 / 김재엽
펴낸곳 / 한누리미디어
디자인 / 지선숙

•

121-840, 서울시 마포구 잔다리로 35(서교동 395-13) 서원빌딩 2층
전화 / (02)379-4514, 379-4519
Fax / (02)379-4516
E-mail/hannury2003@hanmail.net

•

신고번호 / 제300-2006-61호
등록일 / 1993. 11. 4

•

초판발행일 / 2013년 4월 30일

•

ⓒ 2013 진주수필문학회 Printed in KOREA

값 10,000원

•

※잘못된 책은 바꿔드립니다.

•

ISBN 978-89-7969-450-5   03810